TROIS

DÉCLAMATIONS

RARETÉS ET CURIOSITÉS

Impressions faites pour une Société de bibliophiles

TIRAGE

à 100 exempl. sur papier de Hollande
plus 2 exempl. sur papier de Chine.

Exemplaire N° 11.

VINCENT BONA, Imprimeur de S. M., à TURIN.

TROIS
DÉCLAMATIONS

ESQUELLES

L'IVRONGNE, LE PUTIER ET LE JOUEUR DE DEZ

DÉBATTENT LEQUEL D'EUX SERA PRIVÉ
DE LA SUCCESSION, etc.

RÉIMPRESSION TEXTUELLE
sur l'édition rarissime de 1556, précédée d'une
Notice Bibliographique.

A SAN REMO
CHEZ J. GAY ET FILS, ÉDITEURS

1874

NOTE BIBLIOGRAPHIQUE

Philippo Beroaldo, dit Béroalde l'ancien, littérateur italien, né à Bologne en 1453, mort en 1505, professa les belles-lettres avec un certain éclat; il donna des éditions annotées de Pline, Apulée, Aulu-Gelle, Suétone, Catulle, Properce, etc. Mais l'ouvrage qui donna le sceau à sa réputation fut celui dont nous réimprimons la traduction française. Elle est due à un certain Calvi de La Fontaine, N. N. (né natif) de Paris, fort peu connu dans l'histoire. Excepté cette traduction, qui est en prose, nous ne connaissons rien autre chose de lui qu'une pièce de vers intitulée: *Eglogue sur le retour de Bacchus;* pièce à laquelle M. Anatole de Montaiglon a fait l'honneur de l'admettre dans le premier volume de son *Recueil de poésies françoises.*

Le texte latin de l'ouvrage de Beroaldo, indiqué dans le *Manuel du Libraire* et dans la *Bibliographie* du C. d'I***, est intitulé: *Declamatio ebriosi, scortatoris et aleatoris*; c'est un in-4° de 20 feuillets publié à Bologne en 1499. Il a été réimprimé plusieurs fois et en divers lieux. En outre de la traduction en prose que nous réimprimons aujourd'hui, il en a paru, deux ans après, une autre, en vers, faite par Gilbert Damalis, sous le titre: *Procès des trois frères*; Lyon, 1558, in-8.

Le sujet a une certaine originalité; c'est une fiction assez spirituelle dans laquelle trois mauvais sujets débattent entre eux lequel, aux termes du testament de leur père, sera, comme le plus repréhensible, privé de sa part dans la succession. Le jugement est peut-être sujet à révision ultérieure, mais il faudra au moins connaître les pièces du premier procès.

TROIS
DECLAMATIONS

ESQUELLES

l'Ivrongne, le Putier, et le Joueur de Dez, frères débattent, à sçavoir, lequel d'eux trois (comme le plus vicieux) sera privé de la succession de leur père, suivant son testament. Invention latine de Beroalde; suite et amplification françoise de Calvi de La Fontaine N. N. de Paris.

Avec un dialogue de LUCIAN intitulé

MERCURE ET VERTU

traduit par icelui de La Fontaine, ne ça, ne là.

A PARIS
POUR VINCENT SERTENAS, LIBRAIRE
tenant sa boutique en la Galerie, par où l'on va à la Chancellerie
Et en la Rue Neufve Nostre-Dame, à l'enseigne Sainct Jean l'Evangeliste.
1556
AVEC PRIVILÉGE.

LE FONS DE CEST ŒUVRE

Icy vertu blasmons louans les aigres vices,
Mais c'est ne plus ne moins que vont les escre-
[vices,
Et avecques profit tachons y faire rire.
Que seroit-ce tousjours de fiel et sel escrire?

Imitation de MARCIAL.

ARGUMENT

DE CE PRÉSENT ŒUVRE

AUX LECTEURS,

UN pere prochain de sa mort, par son testament ordonne le plus vicieux de ses trois fils, l'un Ivrongne, l'autre Putier et le tiers Joueur de dez, estre privé de sa succession. Luy decedé (pour le different meu au moyen de ceste ordonnance testamentaire, entre sesdits enfans) ils agissent et plaident leur cause eux-mesmes, et par leurs propres bouches, par devant juges sur ce deleguez, à fin que par reciproques et mutuelles accusations personnellement declamées, la chose en fust plus clerement, et avec plus grande ar-

deur et vehemence dechiffrée et mieux entendue, que si elle estoit déduite et demenée par voix et organe d'avocat. L'Ivrongne le premier (comme à luy appartenant, et pour cause) commence l'alarme contre ses deux freres, separement et par divers combats, à ce qu'incontinent et sur-le-champ il reçoive et ressente de tous les deux ensemblement, par un mesme et seul assault, pareille revenge et recharge. Sur quoy, parties amplement oyes intervient sentence. Vous avertissant, nobles et debonnaires lecteurs (car ce n'est à je ne sçay quels Quintils ne Zoïles, c'est-à-dire aux envieux et malins, à qui cecy s'adresse) que s'il vous plaist d'en voir le passetemps, ce ne sera, comme j'espere, sans plaisir et moins sans profit. Concluant et tendant principalement la fin de ce petit labeur à ce que chacun premierement soucieux de soy, ne pense ou juge rien au prejudice de son prochain, et que n'investigans, dit Socrate, allegué en Xenophon, les imperfections et choses d'autruy, ne délaissions à nous enquerir des nostres propres et à nous examiner nous-mesmes. Estans conseillez par ce sage avertissement, de prendre plustost garde, comme enseigne l'escriture, à ce gros chevron qui nous creve l'œil, qu'à la petite paille qui éblouit quelque peu la veue des autres, c'est-à-dire, considerer, epluscher, corriger et taxer nos grandes fautes et offenses, avant que les petites d'autruy. Car faisant le contraire et trebuschant en cest erreur non moins dangereux, que commun, c'est le propre, dit Ciceron es Tusculanes, le peculier et naturel de folie et ignorance.

DECLAMATION

DE L'IVRONGNE

A l'encontre du Putier, son frère.

JE n'ignore point (messieurs) de quel poids et importance est chargée et suivie la présente altercation et controverse d'entre nous trois frères, au moyen de ceste derniere volonté de feu nostre pere, par laquelle il faut necessairement nos viciosités et infamies estre publiquement oïes, entendues et divulguées, et que par reciproque accusation le frere soit malheureusement contraint courir sus à son propre frere, chose inhumaine et grandement à eviter; mais qui toute honte sequestrée et mise en arriere, une fois marqué et pollu de l'orde tache et infection de vice, mespriseur de louable renommée a passé (comme ils disent) sur le pont de

Gournay ou devant l'huis du pâticier, à sçavoir beu toutes ses hontes, ne craint pas tant deshonneur et reproche que la faim; s'arrestant à ce proverbe grec mentionné en Homere et repeté en Tite-Live: *mourir de faim c'est chose très-misérable.* Ce qu'ayant devant les yeux, et pareillement ceste complainte du Franclipeur en Plaute, ainsi s'escriant: *O très-plein de misere, qui désirant manger et affamé, n'a que mettre soubs la dent!* A fin d'obvier à telle calamité et n'etendre le bras comme mendicant (si d'aventure par vostre sentence j'estois declairé deshérité), ce jourd'hui seul et par ma propre voix agiray ma cause, et avec valables raisons et argumens suffisans demonstreray nostre pere avoir voulu et entendu, ou l'un ou l'autre de mes freres, ou bien tous deux ensemblement, et ce non de merveilles, estre deboutez de sa succession. Bien qu'assez et trop pour y parvenir me devroit suffire prouver l'un d'eux me surpasser en crime et opprobre, neantmoins pour mieux clarifier la chose, j'ai proposé de marcher sur tous deux: à ce que les vilanies et turpitudes de l'un combattues, j'assaille d'un mesme estoc et alarme de l'autre l'infâme et orde vie. N'ignorant toutesfois combien est sacré et sainct le nom de fraternité inviolable, combien est estroitement liée la conjunction des freres, combien est un frere à aymer, comme quasi un autre soy-mesme. Mais en ce temps icy, tout cela ne m'est tant à reverer et observer, que mendicité à fuyr et contenner. D'autre part il y a d'antiquité ce proverbe non moins pratiqué que vulgaire: *Plus prest nous est nostre chemise que nostre robe;* et suivant ce, chacun communement ayme mieux son profit que d'autruy.

Donc, Messieurs, pour ne vous ennuyer ou retarder de trop long exorde, nostre present litige est, à sçavoir, lequel de nous trois freres, comme le plus vicieux, sera privé de la succession de defunct nostre pere, suivant son ordonnance testamentaire, laquelle il faut infailliblement et par necessité accomplir et garder, et à icelle, comme au but, ficher et arrester vostre sentence.

Qui ne voit evidemment mon frere le putier estre notamment et specialement marqué et designé digne certes de ceste deshereditation, luy plus que nul autre vicieux et reprochable? Je me sçay bien et confesse estre grand et ardent beuveur, desireux et fort apre au vin; mais si cela est vice, il est trop moindre que puterie ou paillardise; car à fin que tout de ce pas je m'attache au putier, y a-il rien plus vicieux et infâme qu'estre tourmenté et insensé, jusqu'à devenir comme fol furieux et enragé de l'amour (si ainsi se doit appeler lubricité très-vilaine) d'une ou plusieurs paillardes, et entre telles ordes et infâmes louves et truies non tant vivre que languir, et s'emprisonner ainsi qu'en un vilain et puant tect à pourceaux, et là avec ces voiriennes et caignardieres (noms propres à putains) muer sa très-belle, et sur toutes choses desirable liberté, en subjection et servitude très-laide et très-vile de ces impudiques Vénus et déesses bordelieres; où et avec lesquelles se fait perdition et naufrage non-seulement de renom et honneur (trésor très-precieux), mais aussi de santé et biens, pour y acquerir certainement honte, infamie, misere, pauvreté et reproche.

Or si tous hommes, selon César en ses *Commentaires*, naturellement desirent vivre en franchise et liberté, haïssans surtout estre detenus en servitude, fascheuse et moleste à toutes personnes, principalement aux nobles et librement nourries, comment assez dignement blasmerons-nous le vice du putier, l'infâme, qui comme une beste (car puterie ou paillardise transforme l'homme en beste brute, dit Plutarque; et est très-proche de bestialité, dit Erasme; et plus convenable à troupeaux de porchers, auteur Hérodian, qu'à gens de guerre) se va volontairement précipiter et abimer au gouffre et servage de la putain, servage très-vilain et très-infâme, dit Socrate mentionné en Plutarque? De laquelle opinion estant Ciceron: Diray-je, dit-il en son livre de vieillesse, celuy estre en liberté auquel telle femme commande? auquel elle impose et baille loix? Si elle demande, il faut donner; si elle appelle, il faut venir; si elle le dit, il faut vuider; si elle menace, il faut craindre.

Tel malheureux, dit ce très-eloquent orateur et philosophe, j'estime devoir estre appelé non-seulement serf, mais aussi très-mauvais, très-inutile et très-vilain serf, et fut-il issu et originé de Priam, ou de tant antique, noble, grande et illustre race que l'on voudra. Mais passons plus outre, tous ceux qui sont adonnez à puterie, ou paillardise, et y mettent et arrestent leur courage et pensée, comme à leur felicité, ne sont seulement rompeurs et mespriseurs des loix humaines, mais aussi des divines, voire jusqu'à delaisser et perdre la congnoissance vraye, la pure latrie et adoration de Dieu seul, pour se convertir à la culture et sacrifice des idoles et autres execrables abominations. Par putains et concubines le très-sage roy Salomon idolâtra; et pour ceste cause, ainsi qu'il est écrit au livre des Roys, tout le regne d'Israël tomba entierement es mains de Jeroboam son serviteur, exceptées la lignée et citez de Juda, qui demourerent en la puissance de Roboam son fils. Par paillardise combien sont souventes fois pervertis et violez les droits divins de mariage, en avançant et recevant tant de bastards au rang (voire au dessus) des legitimes et au meilleur recueil et traitement? Par putains les enfans ont assailly et coupé la gorge de leurs propres peres. Par paillardise maintes femmes ont teint les glaives au sang de leurs maris. Par puterie plusieurs Rois et Princes avec leurs Royaumes et païs ont esté trahis et livrez es mains de leurs ennemis, par ceux de la patrie mesmes, et leurs villes et citez mises à sac et redigées en cendre. Les plus sçavans et sages en sont devenus fols et insensez, et les plus vertueux, forts et magnanimes en ont esté rendus tout effeminez, et d'hommes (ainsi que par la poison et sorcellerie de Circé les compagnons d'Ulixes) esté transformez en pourceaux et autres espèces de bestes. Ces choses bien digerées, se trouvera-il homme plus à blâmer, plus vicieux et damnable, que le putier, adultère et fornicateur? Aussi ces gens de bien là (comme très-criminels) estoient anciennement par la loy de Dieu très-juste, condamnez à estre publiquement lapidez à mort entre le peuple d'Israël, ce qui estoit executé, comme est escrit en Josué.

Deux choses sont de tous les humains très-grandement désirées et estimées, à sçavoir, renommée et richesses. Car (ô Dieu immortel!) que sçauroit-il durant ceste vie avenir aux personnes plus illustre et precieux, que le renom et tiltre d'homme de bien, qu'une bonne et claire renommée, qui vaut mieux (dit le sage) qu'infinité de richesses, et nous est plus permanente, requise et louable, que tous trésors, tant soient exquis? Quelle chose pourroit l'homme souhaiter, ny avoir plus noble, plus luisante et honorable qu'un bon bruit et glorieux renom? pour auquel atteindre et parvenir tous labeurs, périls et dangers (mesme jusques à la mort) franchement, d'une allegresse et gaieté de cœur sont d'une hardiesse et constance invincible entreprins et tolerez:

Estans tous nobles espris
Naturellement epris
De la scintille de gloire.
Ce qu'Horace a voulu croire,
Le persuadant ainsi
Par ce petit vers icy.

Tu, seule gloire, ards les cœurs et pensées.

Semblablement quel plus grand contentement se trouve en ce monde, ny quelle plus grande félicité qu'un opulent patrimoine et abondance de richesses?

Pour lesquelles aquerir
Aux Indes ose courir
Le marchand non paresseux,
A les poursuivre apresté,
En evitant pauvreté
Par mers, par rochers, par feux.

Pour lesquelles la vie des hommes est continuellement laborieuse et sans repos, de sorte que plusieurs, comme est escrit en l'*Ecclesiastique*, estiment la mort meilleure qu'indigence et pauvreté, estant quasi impossible de pouvoir supporter ne souffrir nostre vie denuée de ce dont auparavant avions affluence. Lesquelles aussi tant par les Grecs que Barbares, ainsi qu'approuve Platon, sont mises au premier

2

rang et degré de la félicité et beatitude humaine, comme n'estant, ce semble, personne heureuse sur la terre sans le moyen d'elles, tant prisées en Nabatée, region d'Arabie, que quiconque y diminue ou dissipe les siennes est publiquement puny; et au contraire qui les y conserve ou augmente, est en grand estime et réputation. Or combien que ces deux choses, renommée et richesses, soient si précieuses, excellentes et necessaires, tant estimées et pourchassées de tous, neantmoins le putier est de soy-mesme si malheureux et misérable qu'il n'en tient aucun compte, ains sans en faire mise ne recepte en fait (comme de son bon gré) perte et naufrage; car le fol et lubrique amour traîne ordinairement quant et soy deshonneur et pauvreté, d'autant que le putier et fornicateur tousjours mal et pauvrement pourvoit et conseille à ses biens et bon renom; desquelles deux choses ensemblement l'homme denué, mesme seulement de la dernière, qui est bon renom ou honneur, est alors très-vil et très-infâme, et pour tel justement de tous monstré au doigt, indigne certes d'estre plaint, qui de sa propre volonté preferant, comme une beste, la lubricité au devoir honneste de l'homme raisonnable, se seroit plongé en telle fange et ordure, et là ayant englouty et dévoré totalement son honneur et biens, il se seroit forgé de son propre coing et agencé toute vilainie et pauvreté; ce qu'il sçavoit ne pouvoir fuir ny eviter. Car outre tant d'autres enseignemens naturels et oculaires, et avertissemens escrits, il est raisonnable, dit la putain en Plaute, que honte, infamie et reproche ensuivent mes fortunes; et pour moy, dit-elle encore en Salomon, l'homme sera rendu jusques à un morceau de pain, tellement que qui me hantera et entretiendra perdra toute sa substance. Aussi le putier, dit Plaute, répute ses biens comme boué et fiens, les faisant emporter hors sa maison et vendre tout, voulant icelle estre nette, et n'y avoir rien dedans, pource que tout s'y perd et consomme, estant desjà luy-mesme tout perdu. Car le propre et naturel de ces vilaines putieres et paillardes, est de perdre et ruiner tout, l'âme, le corps et les biens, et d'estre tant pressantes et eshontées, qu'elles n'ont jamais fin à demander et prendre.

Car ainsi que la luxure et convoitise du paillard renaist et se resourd tousjours ardente et insatiable en luy, ainsi l'importunité de la putain n'est jamais rassasiée ny assouvie de demander, tirer et ravir. Luy as-tu aujourd'huy donné? il faut le lendemain autres nouveaux presens. Elle te blandit et complaict, dit Plaute, tandis qu'elle voit en pouvoir attraper deniers, ou autre chose. Cependant que tu en as et que tu luy donnes, sa maison te rit et flatte, tout t'est ouvert, la grande et petite porte, elle est toute en ton abandon; mais es-tu mis en blanc? n'as-tu plus rien? à dieu, mon bel amy. Car, comme porte nostre vieil proverbe:

Quant et la monnoie
Faut la joie:
C'est ce qui l'amour desjoinct.

T'est l'argent failly? dès lors et tout sur l'heure tu seras poussé, chassé et enfermé dehors tout nud, comme l'enfant prodigue; brief tout ton crédit sera perdu, on ne sçaura plus qui tu es, on ne te connoistra plus. Car si tu n'apportes argent, dit la putain, en vain tu me penses avoir et conduire. Adonc estant ainsi mis en blanc chacun te fuira, reproches et regrets accompagnez de desplaisance te suivront, banny de tout honneur; chose par toy, à toy bien deuë et méritée, voire pire; car comme dit le poëte:

On ne sçauroit par trop reprendre
Qui veut ainsi son bien dependre,
Ne qui de fol amour atteint
Sa bonne renommée esteint.

Il semble que le venerable et sacré poëte et philosophe très-antique Hesiode nous en a songneusement voulu avertir et retirer par ces vers:

Donne-toy soin et garde,
Que l'amour de paillarde
Soit ton cœur atirant,
Car lors qu'elle blandit,
Honneurs, biens et credit
Elle va devorant.

Adonc qu'elle te cherche
Et doucement t'alleche
Du tout point ne t'y fie.
Quiconque a confiance
En elle, et accointance,
Aux larrons se confie.

O qu'est en grand danger
Quiconq se va renger
Serf de lubrique femme!
Qui (comment que ce soit)
Tousjours l'homme deçoit,
Le pille et le difame.

Mais à quoy tendent tous les poëtes comiques, ny l'intention et but de leurs comédies (car comédie n'est autre chose, selon Ciceron, allegué en l'Acolaste de Gnafée, que le mirouer et représentation de la vie humaine) fors à blâmer et vituperer cest impudique et petulant amour, et d'iceluy, comme de chose très-vicieuse, orde et infâme, estranger et divertir les adolescens et jeunes gens? aussi pour nous estre document et exemple de fuir et abhorrer les appas et amessons de ces paillardes, ensemble leurs infinies cautelles et deceptions, et autant de dangers et malheurs qui en dependent? Voyez au Marchand en Plaute, comme le pere avec aspres menasses et castigation verbale de toutes ses forces aigrement s'evertue de revoquer et delier son fils Charin des liens et filets des putains, où il estoit très-empestré, cognoissant ce vice estre sur tous très-pernicieux et dommageable, principalement à jeunesse et généralement à tout âge.

Au Truculent en ce mesme poëte: Je pense (dit un nommé Gete) la paillarde estre comme la mer: tout ce que tu luy peux donner elle le dévore, et jamais n'est pleine. Donne-luy tant que tu voudras, il n'en appert rien ny au donneur ny au preneur. A ceste cause Diogène en Plutarque appelle le ventre de la putain, le Caribde ou gouffre de la vie pour ce qu'il avale et engloutit tout, et jamais n'est content ne rempli. Or Caribde estoit un gouffre et danger marin très-périlleux, qui engloutissoit seulement ce qui passoit auprès de luy; toutesfois en après il le degorgeoit; mais au baratre et abisme insatiable de la paillarde, ny l'air, ny la terre, ny les mers, ny les fleuves, ne suffisent pas, ains les engloutit et dévore, et champs, et chasteaux, et maisons; et jamais n'en rend, ni revomit aucune chose.

Ce que cognoissant fort bien, mais trop tard, Argiripe adolescent, qui avoit esté despouillé au bordeau, et d'iceluy jeté tout nud: la mer (dit-il se complaignant en l'Asinaire) n'est pas la mer; c'est vous (ô putains) qui estes la mer très-aigre, et très-âpre, et la perte et honteuse fin des jeunes gens: qui humez et sucez le sang des hommes; du travail desquels avez vos maisons fort richement, et mignonnement parées à leur honte, ruine et confusion. Parquoy (dit encore Plaute au Stique) qui les pourra eviter les evite.

La suite desquelles entre les anciens a esté en telle detestation, que plusieurs peres ont deshérité leurs propres enfans, pour ceste seule cause, qu'ils s'arrestoient au train de paillardise, le naturel de laquelle engendrée de Pluton et Tisifone (dit Palingenie), est de promettre tout sucre et miel, mais ne livrer rien que tout fiel et venin.

Entre les dix commandemens de Dieu, se trouve specialement cestui-cy : *Tu ne commettras point mœchie.* Par lesquelles paroles nous est expressement interdite et prohibée entierement toute fornication, quelle que soit, comprise (comme il est escrit en sainct Augustin, et divers passages des decrets) soubs ce mot *mœchie.* Lequel commandement est notamment et très-souvent repeté ès sainctes Escritures, par la voix de Dieu mesme et de ses Apostres et Evangelistes.

Or si nous devons inviolablement, et infailliblement, voire sur peine de mort éternelle, observer les divins commandemens et statuts, esquels n'y a rien oublié à nostre salut : toy putier y contrevenant, ne voy-tu pas, ne confesses-tu pas ton vice estre trop plus grand que le mien ? Car s'il te plaist, en ce passage, là où expressement toute fornication et paillardise est interdite, ny ès autres commandemens ou aucuns d'iceux, est-il aucunement ne tant soit peu defendu de boire ! La sacrée et saincte Escriture, où, comme au vray et certain but, se faut principalement arrester, condamne-elle l'ivrongne à estre lapidé, comme elle fait le paillard et putier? Tant s'en faut, qu'au contraire, comme on dit communement, Dieu aide et favorise volontiers aux enfans et aux ivrongnes.

Escoute ce qu'en dit la profane Ethnique: Tant fut anciennement la paillardise abhorrée en l'Italie, que par la loy quinziesme de Romule, premier roy Romain, estoit statué et permis aux maris et parens de tuer ou faire mourir de telle sorte qu'ils voudroient leurs femmes ou parentes convaincues d'adultere. Et combien que Licurgue roy et legislateur très-severe des Lacedemoniens n'ait escrit, comme recite Baudoïn jurisconsulte en ses commentaires sur les loix Romuliennes, ny fait aucune loi des adulteres, pource que possible est, il pensoit ne devoir avenir adultere ou paillardise en Lacedemone, où le peuple au moyen de ses severes et estroites loix, estoit fort modeste et continent; neantmoins certes ces tems là n'estoient si chastes que Romule crust la fantaisie de Licurgue si legerement, ains à la verité prudentement jugea nulle loy estre plus necessaire en la republique, que celles des adulteres.

Licurgue pour le mieux et le plus proprement par avanture à cela eust peu respondre, avoir omise et delaissée ceste loy, pource qu'il espéroit qu'à grande peine et difficulté elle eust sceu durer avec telle severité ; car qu' est-ce que paillardise n'ose? qu' est-ce qu'elle n' entreprend? qu'est-ce qu'elle ne corrompe, viole et pervertisse? qu' est-ce que ne force et contraint la lubricité et volonté des hommes sensuelle et desordonnée? Certes il n'y eut jamais loy plus requise, ny plus souvent faite et repetée, ny aussi plus audacieusement ny plus souvent corrompue et mesprisée. Laquelle loy de Romule les anciens Germains, ou Allemans semblent avoir ensuivie; car entr'eux, comme escrit Tacite, estoit permis aux maris de punir ainsi leurs femmes atteintes d'adultere.

Par la loy Julie il fut loisible au pere d'enterrer sa fille vive, l'ayant prise sur le fait avec son adultère. Zaleuque, qui en Valère s'escrit mal Seleuque, entre autres loix par luy données aux Locriens, ordonna que l'adultere ou putier, quel qu'il fust, auroit les deux yeux crevez. Et comme il vousist faire executer sadite loy en la personne de son propre fils, accusé de ce crime, et que les magistrats et toute la cité de Locres, en faveur des vertus et merites du pere ayans compassion du fils, luy remissent et quittassent l'offense avec la peine: néantmoins ce prince, rare mirouer de justice, voulant le premier garder inviolablement la loy qu'il avoit donnée, se fit à luy-mesme crever un œil, et à son fils un autre.

Entre les antiques Egyptiens l' adultere avoit du fouet jusqu'à effusion de sang, et la paillarde le nez coupé, à fin que par ce moyen (comme escrit Tehet en sa cosmographie de Levant), elle fust privée de la partie du visage, à la perte de laquelle quant et quant elle perdoit toute beauté, qui avoit induit tant elle que l'adultere à mal faire. Voilà donc par les loix et statuts de l' une et l'autre escriture, le putier condamné à mort et peine très-rigoureuse; ce qui ne se trouve point de l'ivrongne. Par lequel seul argument on te peut (ô putier) juger équitablement trop plus vicieux que moy, et par conséquent te priver de la présente succession.

Et encore outre les vices et inconveniens de puterie, cy-dessus declarez, qu'est-ce que paillardise et tel deshonneste amour lascif, sinon insanie, oubliance de raison, troublement de conseils, corruption des bons et nobles esprits, les rabaissant des ardues et vertueuses entreprises à obscures et terriennes, qui rend les hommes tousjours se complaignans, querelans, prompts à riote et courroux, outrecuidez, temeraires, durement imperans, servilement blandissans, inutiles à toutes choses, voire finalement à eux-mesmes. Car le putier bruslant de la desordonnée et insatiable convoitise de jouir de sa proie, après avoir durant ceste chasse perdu et consommé longue espace de temps en lunaisons, frenesies, resveries, regrets, larmes et complaintes, en la fin s'aneantit du tout, tellement que le miserable ainsi enveloppé et surpris perit totalement, dit Alciat, et lors il est cause que chacun l'a en haine et desplaisance, et en la fin luy-mesme se desplaist, se haïssant et sa propre vie. Qui sera le tant eshonté fornicateur, le tant opiniâtre gendarme venerien, ny le tant asseuré soldat de Cupidon, que ces avertissemens ne fassent rougir et mourir de honte? et qui recongnoissant son infamie, avec gemissemens et sanglots, pasle et tremblant ne se condamne comme le plus reprochable du monde?

Que si cela ne vous suffit (ô putiers), entendez ici Valere s'exclamant à l'encontre de vous. Qui a-il plus vicieux et infâme, dit-il, ny plus infect et dommageable que paillardise, laquelle comme par sorcellerie, transporte tant l'esprit de l'homme qu'elle le precipite de raison en brutalité, le rendant non-seulement badin, sot, et niais, ains aussi tant fol et insensé, qu'elle luy fait nourrir en son sein l'aspic, qui le mord jusques au cœur sans sentir ce venin si présent? Par laquelle la vertu est alterée, la gloire esteinte et assopie, le bon renom osté et perdu; qui fait languir les victoires, qui corrompt et dissipe non-seulement les biens du corps et de fortune, mais aussi les precieux dons de l'âme; de sorte que tu ne sçais lequel est plus pernicieux et à craindre de ces deux dangers cy, ou d'estre pris des ennemis, ou de paillardise, laquelle enveloppa la ville des Volsiniens en grièves et honteuses calamitez et infamies. Car depuis qu'icelle ville (qui souloit estre la capitale d'Hetrurie, non moins ornée de bonnes loix, mœurs et coustumes, que très-abondante en richesses) se fut escoulée et abattue en effemination et luxure, elle tomba en et au centre et profond d'injures et turpitude, tant qu'elle se soumit et abandonna très-vilement serve en la domination et puissance de valets.

Dès l'heure aussi que le grand roy Xerxe se fut adonné à voluptez et putasserie, ce fut l'origine et commencement de sa ruine, et de la puissante monarchie de Perse. Par elle ce dompteur de monstres et tyrans le très-fort Hercule est devenu si lasche et effeminé, voire si vilain qu'il a pris quenoille et fuseau, et a filé entre femmes et filles, vestu d'habits feminins, comme cy après nous dirons plus amplement.

Qui a ruiné en Capoue le victorieux ennemy mortel voué des Romains Hannibal, et le tant fameux roy de Troies Priam, sinon ceste molle libidinosité ? Laquelle aliena tant le bon roy et prophete David de la crainte de Dieu, qu'elle le provoqua à homicide. Pareils et infinis autres exemples de très-grands et insignes personnages je pourrois icy alleguer, que par ce vice sont devenus les uns infâmes, les autres à neant de leurs biens et honneurs; pareillement maintes glorieuses republiques, puissans empires et règnes, voire les plus grands (dit Tite-Live) qui en ont esté ruinez et anichilez. Mais pour en estre les livres pleins et ces choses très-clairement de tous cogneues, je me passe (comme de superfluité) d'en faire autre recit. Et à la verité, il ne se peut faire que toute misere n'advienne de puterie, car sa brave et insigne suite et yssue, c'est lascheté, effemination, pusillanimité, destruction, perte, malheur, infamie, souci, douleur, ennuy, resverie, derision, travail, tribulation, folie, messeance, sottise, estourdissement, temerité, malice eshontée, convoitise, paresse, pauvreté, contumélies, outrages, suspicions, injures, homicides, larcins, rancunes, haines et inimitiez; brief, comme dit nostre poëte, parlant de cest amour infâme et voluptueux, cause de tant de travaux:

Amour est un gouffre de maux,
Amour afolle le plus sage,
Amour n'est sinon qu'une rage,
Amour aveugle les raisons.
Amour renverse les maisons,
Amour honnit la renommée,
Amour n'est rien qu'une fumée,
Qui par l'air en vent se respand:
Tousjours d'aimer on se repent.

Brief Venus et son fils Cupidon sont la source et moyen de tous malheurs. Ils insensent et abestissent les personnes, voire les plus sages, les empestrant en très-vil servage, à sçavoir de putains et paillardes, lesquelles comme de cloux, dit Alciat, attachent à leurs fesses leurs muguets et fols poursuivans amoureux: desquels les cœurs, pensées et esprits sont (ainsi qu'en prison) liez et enfermez es poitrines de leurs aimées, où elles les font vivre et demeurer en autres corps que d'eux-mesmes; tellement qu'après Plaute, le putier peut bien dire: où je suis, je n'y suis point; où je ne suis, mon cœur y est et ma pensée. A quoy adherant Caton l'aisné en Plutarque: le courage de l'amant, dit-il, vit et demeure au corps de l'aimée. Et encores aujourd'huy nous disons communement: l'âme ou l'affliction est plustost là où elle aime, que là où elle vit. S'il est donc tout certain que tel vilain amour n'est rien que fureur et rage, et que puterie ou paillardise n'est aussi autre chose que destruction et infamie, n'appert-il pas plus qu'évidemment le putier estre très-vicieux, et d'autant plus à blasmer que de son bon gré il s'assujettit à si pernicieux vice, pour lequel entretenir il commet mille meschancetez; et tout ce qu'il peut gaigner et desrober, il l'apporte à sa paillarde, meu de fureur et jalousie qu'il a que ses compagnons mesmes, ou autres aussi gens de bien que luy, ne se ruent et furettent en son creux et clapier. Non certes sans cause; car, comme il est escrit en l'*Ecclésiastique:* La femme publique est foulée et conculquée de tous passans, comme quasi boue et fiens au chemin, n'estant point son naturel de servir à un seul, mais entretenir plusieurs, et de diverses grappes et raisins faire ses vendanges, et remplir ses cuves. Et ainsi que dit encore l'*Ecclesiastique*, ouvrir sa bouche (comme un passant alteré) et boire à toutes eaux et notamment se revendre et prester à qui plus luy donne, ressemblant (dit Plaute en la Cistellarie) à une grande et opulente cité, laquelle ne peut obtenir son bien sans la communité et fréquentation de plusieurs hommes.

Par les raisons cy devant alleguées, il vous est très-manifeste, messieurs, le putier n'estre seulement très-malheureux et infâme, mais aussi très-meschant et vicieux sur tous; tellement que tant plus je m'esmeus à l'encontre de luy, d'autant certes je trouve à taxer sa misérable et ignominieuse vie. Escoutez la mere du roy Lamuel: Mon fils, dit-elle, ne donne point ta substance, et ne t'adonne aucunement à folles et lubriques femmes; car elles sont cause de destruire les roys. Ne tendez point à leurs fallaces, dit le sage; car leurs levres sont comme miel distillant; mais la fin en est amere comme aiche. Leur langue coupe comme un glaive tranchant des deux costez. Elles ne cheminent point par les sentes de la vie, mais leurs pieds tirent à la mort et leurs pas à la fosse. Doncques fais loing d'elles ton chemin, et n'approche de l'entrée de leurs maisons. Qui les suit est fol et s'amasse honte, ignominie et vergongne, laquelle ne sera point effacée. Qui va après elles est comme un bœuf mené au sacrifice. Fuis-les donc; car les plus forts en ont esté occis. Les hostels d'elles sont les voyes de la mort. Je les ay trouvées, dit l'*Ecclesiastique*, plus ameres que la mort. Leurs cueur et pensées sont comme filets de chasseurs et comme rets de pescheurs en la mer. Leurs mains sont cordages et liens. Quiconque voudra plaire à Dieu, les evitera; mais celuy, auquel le seigneur est corroucé, tombera en leur fosse et sera le pecheur pris des las et liens d'elles, pour lesquelles plusieurs sont peris. Ostes-en donc du tout ta pensée, que du tout aussi tu ne perisses; car la faulce doulceur et flatterie de la paillarde chasse après l'âme precieuse de l'homme, pour son dam et ruine, induisant les malavisez et pusillanimes à venir vers elle, à leur honte et destruction; estant le propre et peculier des putains de consommer et dissiper tout en leur vilanie et mondanité, dit Alciat.

Ce qu'approuvant l'Acolaste de Gnafée: Hélas! dit-il en se complaignant, puterie, que j'ay eue pour ma chere et speciale amye et compagne, m'a emporté tout mon bien, ma renommée et mes amys, me delaissant en leur lieu ses filles infamie et pauvreté. Que Dieu vous perde malement (continuant son propos), louves très-puantes (parlant des paillardes) ausquelles j'ay vilainement servy. Fuyez fornication, dit St Paul, car tout peché, quel qu'il soit que l'homme fasse, est hors du corps; mais qui paillarde, peche en son corps et ne possedera point le royaume de Dieu. Pourtant je seray subit tesmoin contre les paillards et adulteres, dit le Seigneur en Malachie, et sera leur part en un estang ardant de feu et de souffre.

Estant donc le putier en telle execration de Dieu et des hommes, il appert très-clerement le vice de puterie ou paillardise estre le plus grand, le plus vilain et infâme de tous; de sorte aussi que quiconque est espoint et pressé de ce désir venerien, ayant honte d'iceluy, comme furtivement il l'execute et accomplit en cachette et à l'escart. Mais, ô putier, dit le très-noble philosophe Aristote, à ton avis qui a envie de boire, a-il honte de le confesser, et d'en faire publique profession, estendant devant tous franchement la main au pot et au verre, et boire librement et d'autant devant qui voudra? Je te demande encore, ô putier, les supposts de Bacchus pour boire tant qu'il leur plaira, en sont-ils pourtant ny accusez, ny pendus et estranglez, ny fouettez, ny couronnez, ou mistrez de papier ou paille, ny bannis, ny autrement infamez, punis ou inquietez publiquement par justice, comme vous autres ministres de Vénus, déesse de puterie? Certes, les loix de Dracon mesmes ne demandent rien aux bons biberons. Allez donc, putiers, allez-vous-en cacher au bordeau, et endiaprer, caresser et encochonner vos putains; ou bien servement et vilainement vivez du cul d'elles.

J'estois près de conclure, quand devant mes yeux se sont representez ces très-utiles advertissemens du rarissime et très-docte poëte et philosophe chrestien Palingenie, lesquels il m'a semblé estre bien décent et convenable icy alleguer, traduits comme s'ensuit.

Ny les Syrtes de Lybie,
Ny d'Antifat l'Estrigon
La maison
De sang humain honnie,
Ny de Scille le vorage,
Ny de Caribde la rage,
Ny rien qui soit en ce monde,
N'est point tant à détester,
A craindre ny éviter,
Que la volupté immonde.

Las, hélas! quantes ruynes
Ce vice apporte aux humains!
O que maints
Hommes clers et insignes,
Que de villes et citez
Et regnes il a gastez!
Mais à fin que je n'ennuie
Traictant d'exemples plusieurs,
Un notoire et des meilleurs
Il suffira que j'en die.

Qui fut onq plus grand qu'Hercule?
Qui d'actes grans onq fit tant?
Car enfant
Deux serpens tant acule
Que mourir les a contrains,
Froissez de ses tendres mains,

Brisa les forces puissantes
Du lyon Cleonéen,
Et du monstre Lernéen
Les sept testes renaissantes.

Prompt à la course il surmonte
La biche de Menalon :
Le felon
Taureau de Crete il dompte.
Le cruel roy Tracien
Tomba mort sous le bras sien,
Ravit les bœufs Iberides,
Acheloe il descorna,
Les Stimphales destourna,
Print les pommes Hesperides.

Il rompt des enfers la porte,
D'ou le triple chef mastin
De venin
Escumant, il transporte :
Le sanglier Erimantée
Il occit, Caque et Antée :
Puis soustint sur ses espaules
(Soulageant le grand Atlas,
De porter le ciel tout las)
Les deux presque tombans poles.

Toutesfois (o esfrontée
Pleine de fallacité
Volupté)
Sa vertu indomptée
A tremblé servilement

Au simple commandement
De la pucelle Gigée ;
Luy qui n'a craint de Pluton,
De Megere, et Phlegeton
La flamme et ire enragée.

Luy, qui le regard terrible
De Caron n'a redouté,
Ny douté
Sa hure tant horrible,
Craignant souvent (l'insensé)
De s'amie estre tansé,
Pour le mourion brillant
Prit le couvrechef de femme,
Et pour le bouclier (l'infâme)
La quenoille, et fut filant.

En robe et gestes de fille
L'effeminé damoiseau
Le fuseau
Et fil tourne et tortille :
Puis le soir comme chambriere
De sa tâche filandiere,
Peneux, rend compte à sa dame,
Lui apportant sa besongne
De peur qu'elle ne luy grongne
Ou le fouette (ô quel diffame !)

Par lequel seul exemple on peut justement juger, qu'il n'y a rien plus contraire à vertu que paillardise et volupté; veu que par icelle nous voyons icy ce dompteur de monstres et extirpateur de tirans, brief le plus vaillant, le plus vertueux et magnanime héros qui fut onc, estre si vilainement abattu sous le joug et servage d'Iolé, fille jeune et simple. Je suis merveilleusement esbahi comme les hommes n'estiment autrement la grandeur de ce vice, et qu'ils ne considèrent combien il desplaist à Dieu, veu les grieves playes et fleaux quotidians, dont sans acception de personnes, il punit les paillards et putiers: comme de vérole, goutte, pélade et autres genres quasi de ladreries, pouacrerie, chancre et farcin, gage certain et loyer ordinaire de paillardise; les enfans de laquelle héritent et succedent souventesfois au lieu et droit des propres et legitimes. Or vantez à ceste heure, putiers, vantez hardiment vostre paillardise (helas!) aujourd'huy impunement trop commune, desreiglée et évantée.

Mais il est temps de sonner la retraicte.

Doncques à fin de conclure et tenir mediocrité bonne et utile en toutes choses, ô putier, puis qu'entre et avec putains et paillardes volontairement tu dissipes et consommes ton honneur et biens, prenant plaisir, ce semble, à te ruiner totalement, confesse, je te prie, et recongnois estre, comme tu es à la verité, de nous trois le plus vicieux et reprochable. Ce que je pense, mon frere, que tu ne voudrois denier, suivant la coustume de tes semblables, qui est de ne pallier ou celer leur vice, ains s'en vanter et iceluy audacieusement confesser. Mais avoir dit contre le putier ce que dessus, soit assez. Venons au joueur de dez, duquel je maintiens le vice n'estre moindre, tellement que plusieurs argumens cy devant objectez à l'encontre de cestui-là pourroient bien pareillement au nez de cestuy-cy estre mis et jetez avec autres propos et exemples cy-après ensuivans; auxquels je vous supplie, messieurs, prester l'oreille ententivement, ainsi que de moy ils sont curieusement cherchez et mis en avant.

FIN

DECLAMATION

DE L'IVRONGNE

A l'encontre du Joueur de Dez, son frère.

AFIN de succinctement mettre en jour et lumiere la grandeur du vice et infamie du joueur de dez, considerez, Messieurs, s'il y a rien plus pernicieux et deshonneste que ce jeu: si jeu se doit appeler ce qui n'est autre chose que piperie, pur tourment, conciliation de larcins, pere de mauvaises et sanguinaires pensées, gehenne de l'homme interieur, c'est-à-dire, travail de l'âme et esprit, repulsion de vertus, aneantissement de toute honnesteté, suscitation de courroux, allumette de blasphemes et injures envers Dieu et les hommes, et dissipation d'amitiez auquel malheureux et damné jeu quiconques y sont adonnez et enclins, sont tousjours tristes et inquietez d'angoisse; tousjours ire et despit couvre leur face pasle et morne; sont veuz faire toutes choses tousjours avec fureur, tousjours avec desespoir, continuellement agitez d'un malin vouloir et consequemment notez de publique opprobre; tellement que non sans juste et grande cause, tous bons autheurs ont condamné et reprouvé ce jeu, infamans et blasmans tous ceux qui s'y appliquent et vaquent. Entre autres ce très-excellent philosophe Aristote, au quatriesme des morales, avec apreté grievement les poursuit et vitupere, les appelant vilains et infâmes, comme s'adonnans à chose orde et sale. Les legislateurs par leurs statuts les repreignent et punissent severement. Les jurisconsultes ont un tiltre, par lequel peine est indite et constituée, non-seulement à l'encontre de ceux qui y jouent, mais aussi de ceux qui y font ou induisent et suscitent à y jouer. Les loix pareillement le prohibent, comme atteste Horace, qui par ce vers dit:

> Le jeu de dez par les lois interdit.

Caton nous enseigne et exhorte de le fuir. L'antique vertueux Senat Romain le defendit estroictement par decret exprès; suivant lequel Lenticule, qui jouoit ordinairement aux dez avec ce tant renommé Marc-Antoine, fut aigrement repris et condamné, pour estre trop ardent à ce jeu: auteur de ce Ciceron, lequel appelle ce trionvir très-meschant et lâche, parce que publiquement il y jouoit et conversoit ordinairement avec les aleateurs. Lesquels comme très-vicieux et infâmes Catulle dechiquette et taxe par grieves injures et reproches; comme aussi fait Ciceron, qui appelle leur congrégation et assemblée très-laide et très-vilaine. Laquelle aussi justement et avec rigueur a senty la dent satirique de Juvenal et auparavant luy, Platon (ainsi que recite Plutarque) blasma et corrigea atrocement un adolescent qui y avoit joué. Brief les jugemens que nous voyons tous les jours donner et executer criminellement à l'encontre des joueurs de dez, tesmoignent assez combien est vicieux, grand et punissable le jeu de dez. O inventeur d'iceux qui que tu sois (car c'est à toy à qui j'en veux), escoute: tu as certes trouvé une chose non de plaisir et passetemps, comme non moins follement que vulgairement l'on croit et estime; mais de peine et de tourment dommageable et sanguinaire. La fin de laquelle entre mille autres inconveniens et malheurs qui en aviennent, c'est après avoir denué les personnes de leurs biens, honneurs et facultez, et icelles mises en blanc, de les provoquer et (quasi comme par force et necessité) les contraindre et pousser à commettre et perpetrer meurtres et larcins, et finalement les rendre miserable et honteuse proye du bourreau et infâme trophée d'un gibet.

Mais pource que nostre plaidoyé ne se fait

point devant juges imperits, ny en compagnie rustique, je me jetteray un peu plus à l'escart, costoiant les belles rives des verds et fleurissans vergers des lettres et disciplines d'humanité prises et recueillies des fertiles et plaisans cabinets de Platon. Dit donc ce prince des philosophes, y avoir eu jadis en Egypte un je ne sçay quel demon très-antique, nommé Theuth ou Theuthas, autrement Tempungine ou Trimegiste, qu'aucuns, mesmes Ciceron et Lactance, dient estre Mercure cinquiesme, auquel estoit dedié un oiseau appelé ibis, qui ressemble fort à la cicongne, non pas que ce soit elle, laquelle se nourrit de serpens, et avec la pointe de son bec se purge par l'endroit de la partie où se descharge le ventre; et pour ceste chose est estimée avoir trouvé et enseigné aux humains l'art et pratique des clistères. Lequel Theuth ou Theuthas inventa le premier la geometrie, l'astronomie, l'arithmetique, les lettres et les dez; pour lesquelles quatre premieres inventions je l'estime à la vérité digne de grand honneur et louange; mais aussi je suis d'opinion qu'il mérite non moindre blasme et diffame pour avoir esté inventeur de la cinquiesme, qui est des dez. Car le mal et dommage provenant d'iceux, pesé à l'encontre du bien et profit de ces quatre premieres nobles et belles disciplines, se trouve beaucoup plus grand que l'utilité d'icelles. Toutesfois le pere d'histoire Herodote attribue aux Lidiens (peuple d'Asie la mineure) la première invention des dez. Mais soit que ce Theuth ou Theuthas (selon Platon), soit que les Lidiens, selon Herodote, en aient esté les inventeurs, certainement ou cestuy-ci ou ceux-là, ont trouvé aux hommes une chose très-pernicieuse et misérable. De laquelle et de l'exercice d'icelle s'engendre au cœur de l'aleateur, la facilité et inclination à tous vices et meschancetez. De sorte que plusieurs en ont esté et sont souvent très-laides et infâmes fin à eux-mesmes, et grief regret, douleur et honte à leurs parens et amys. Ce que non moins élegamment que veritablement l'illustre poëte Bourbonnois a voulu noter par ses vers ainsi exprimez:

Le jeu de dez engendré d'avarice,
De larcins pere, et peste d'amitié,
Œuvre sanglant, furieux sans pitié
Est tout remply de douleur, mal et vice.
Las, ô combien par ton grief malefice
L'ardeur de toy et ton vil exercice
En a tirez (tant est ton sort damnable)
A mort infâme et fin abominable!

Anciennement les Germains ou Allemans tant furent ardens et opiniâtres à ce jeu, que au plus fort de leurs plus grans et importans affaires, ils s'y occupoient et exerçoient, oublians et delaissans, pour vaquer à iceluy, les choses qui leur touchoient de très-près, mettans et abandonnans au peril et hazard de ce jeu entierement tout leur bien et facultez, y estans si echauffez et avec telle indiscretion et temerité, que toutes choses leur deffaillans et n'aians plus que perdre ils jouoient finalement tout ce qui leur restoit, à sçavoir, leurs personnes et liberté mesmes. Tellement que le perdeur entroit (comme volontairement) en miserable servitude et sujection du gaigneur, au gré duquel et à son profit le perdeur (bien qu'il fust ou plus noble, ou plus jeune, ou plus fort) se laissoit vendre et lier comme une beste. Ce qui estoit, comme dit Corneille Tacite, une grande pertinacité et présumption, qu'entre eux ils appellent foy ou fidélité.

Et encores entre ceste nation Germanique ou Allemande ce jeu estudie et exercice d'iceluy, aussi bien qu'en autres contrées, n'y est aujourd'huy moins embrasé et enraciné. Et outre y estoit gardée et observée inviolablement ceste loy, à sçavoir, de ne representer seulement par le perdeur et fournir ce qu'il avoit perdu sur le jeu, ains aussi ce qu'il avoit perdu à credit paier au gagneur, comme si le luy avoit presté argent comptant. Ceste telle quelle fidelité et miserable observance non moins malheureusement que follement se continue et entretient aussi obstinement entre maintes autres gens, qu'au païs susdit, à la honte, ruine, regret, et repentance de plusieurs.

Mais je ne puis bonnement comprendre comment aucuns hommes peuvent estre si fort subjects et asservis à tel desastre et infortune misérable, sinon que cela leur provienne ou d'eux-mesmes, ou de nature, ou de l'influence des astres. Car (si nous croyons à Firmique Materne) quiconque aura son horoscope et naissance en la neufiesme partie de Libra, il sera insigne et public joueur de dez. O dangereuse estoile! ô calamiteuse complexion! ô cruelles et malheureuses planettes, sous et par lesquelles il faut que les hommes soyent nez joueurs de dez, et par ce moyen liez au servage de tous vices! A ma volonté que tous les dez, jeux et passe-temps d'iceux, dis-je leur malheur, misere et tourment (car il ne s'y trouve et n'en revient autre chose), fussent du tout alienez et exterminez d'entre les hommes, à fin d'eviter et assopir tant d'inconveniens, calamitez, dommages et infortunes que ce vilain et pernicieux sort leur procure et livre.

O joueur de dez, je te prie, toutesfois et quantes que tu t'entens appeler par ce nom tant deshonneste, ne rougis-tu point? ou si tu ne sçais que c'est de rougir, ne blemys-tu point? Certes, j'ayme trop mieux qu'on m'appelle ivrongne, que putier, ne que joueur de dez. Arriere telle puantise et ordure. Trop plus est à plaire et desirer ceste liqueur bachique tant douce et délicieuse, qui létifie les dieux et rejouit le cœur des hommes, sans laquelle tous banquets et festins, tant soyent braves et frians, sont froids et alterez, et n'y a joye ne soulas.

Aussi non pour autre cause Bacchus, autrement nommé Denis roy de Nise en Arabie, ou (selon Diodore) en Egypte, a esté reputé Dieu, et appelé donneur de plaisir et liesse, par les plus celebrez auteurs, et mesmement par le grand poëte latin, sinon que pour avoir inventé le vin, chose si divine, agreable et attrayante, qu'Arons Clusinien, comme narre Tite-Live, pour mieux et plus facilement attirer et allecher à son aide et secours les Gaulois, en amena le premier en Gaule. Lesquels de fait ravis de la suavité de ceste divine boisson, passerent les Alpes pour descendre en Hetrurie, aians ouy le bruit et renom du vignoble, y estant.

Que si quelquefois estre pris de ceste douceur nectarée, c'est viciosité et imperfection, comme ceux-cy veulent dire, elle est petite et facile à pardonner, comme non defendue, soit par statuts, par coustumes ou loix : ains au contraire, les loix platoniques, loix sanctissimes, permettent de boire plus que mediocrement, mesmement es jours de feste (dit Plutarque) durant lesquels, comme aussi es banquets des Macedoniens, nation robuste et belliqueuse, telle permission et coutume avoit lieu : auteur Tite-Live. Ce que Tibulle approuve ainsi escrivant d'un jour ferié.

A force vins soit celebré ce jour :
Boire d'autant, sans cesse ne sejour,
En temps et lieu de solennelle feste,
Ce n'est point chose honteuse ou deshonneste.

Mesmement ce tant severe blâmeur et castigateur des vices Caton ne doute de nous lascher la bride quelquefois jusqu'à ebriété. Et à la verité le vin est comme un certain aliment et incitation de vertu et d'esprit (tesmoing Platon) et outre suscite et provoque la faconde et grâce de bien dire, ainsi que Horace atteste par ce distique.

Qui est celuy que du vin l'excellence
Disert ne face, et orné d'eloquence?

Et à ce propos
Marcial plaisant
Louant les pleins pots
Ainsi va disant.

Je ne puis rien sobre estant:
Mais à l'heure que je boy,
Quinze poëtes je voy,
Qui me vont secours prestant.

En autre passage il porte
Jugement de telle sorte.

De secours suis et soulas embrassé,
Entour les pots aiant les nuits passé.

A quoy Horace en adherent
Ce tesmoignage-cy nous rend.

Carmes et vers par eau beuveurs descrits
Ne peuvent plaire, ou durer longuement.

Les plus louez poëtiques esprits
Estoient quasi dès le matin espris
De vin friant. Homere mesmement
Est argué d'en avoir esté pris.
Maint autre antiq poëte renommé
Toute la nuict à boire n'a chommé.
Qui fait ainsi, ne le voit-on pas suivre
De toy, Caton, la maniere de vivre ?

Semblablement Perot en sa *Cornucopie*, dit la coustume des anciens avoir esté de boire aucunes fois plus que de mesure, et à pleines coupes et tasses, autant de fois qu'il y avoit de lettres au nom de leur amie. Ce qu' auparavant luy, Marcial avoit noté par cest epigramme :

A Justine je vous convie
Boire sept fois, à Naevie
Six, cinq à Lique, et quatre à Lide,
Trois seulement à la belle Ide.
Soient à tasses de vin comblées
Toutes nos amies nombrées.
Et pource que venir n'en voy
Pas une, sommeil, viens à moy.

A l'imitation et chant duquel poëte epigrammatiste la divine lire Vendomoise s' accorde, comme s'ensuit, es bacchanales:

Ores, amys, qu'on n'oublie
De l'amie

Le nom qui vos cœurs lia :
Qu'on vuide autant ceste coupe,
Chère troupe,
Que de lettres il y a.

Neuf fois au nom de Cassandre
Je vois prendre
Neuf fois du vin du flacon ;
A fin de neuf fois le boire,
En memoire
Des neuf lettres de son nom.

Et en la continuation de ses amours :

Soit que m'amie ait nom ou Cassandre, ou Marie,
Je m'en vois boire autant que de lettres a son nom.
Et toy, si de ta belle et jeune Madelon
(Belleau) l'amour te poingt, je te pry ne l'oublie.

Outre lesquelles vertus et grâces de ce precieux don de Bacchus, à sçavoir, du vin, cydessus mentionnées, ne sont à obmettre ses excellences et louanges divinement celebrées et chantées par Asclepiade : L'utilité du vin (dit ce docte Prusien) quasi peut estre accomparée à la puissance des Dieux. Car par sa vertu les forces du corps sont nourries et augmentées, le courage en est vivifié, la magnanimité excitée, le sang et naturelle chaleur conservez, le debilité estomac conforté, l'appetit suscité, l'urine provoquée, la foiblesse du cœur exterminée, et est souverain remede à l'encontre des venins et poisons nuisans par froidure, comme des champignons ou potirons.

Et tout ainsi que la paillardise et jeu de dez sont volontiers chargez et suivis d'ennuy, anxiété, soin et chagrin : ainsi au contraire le vin est l'esjouissement du cœur (dit Salomon) chassant toute tristesse, esclercissant les tenebres de l'esprit, et très-prompt secours à l'encontre de toutes sollicitudes, portant quant et soy (dit Horace) repos et sommeil, l'appelant oublieux (epithete à luy très-propre) pource qu'il fait oublier toute fascherie et dueil, et outre ce divinement boire et avaler avec luy toute haine, rancune et malignité.

Et s'il faut venir plus avant, quelle chose (je vous supplie) fait la vie de l'homme plus heureuse? Qu'est-ce qui rend l'homme plus content, que le repos de l'âme et la tranquillité de l'esprit? Doncques combien sommes-nous tenus à ceste douceur vineuse, laquelle heureusement concilie et ameine en nous, dit encore Asclepiade, ce contentement intérieur et extérieur, chassant de nous (autheur Homere) toute melancolie et soucy? Et aussi comment eust sçeu Helene mieux faire perdre et oublier à son mari le roy Menelas et ses hostes Thelemache et Pisistrate, tous les travaux et miseres qu'ils avoient par si long temps endurez, durant et depuis le siege de Troie, sinon, comme escrit Homere, par leur presenter le hanap plein de bon vin, qu'il appelle proprement de ce mot grec Nepeuthes (c'est-à-dire, ostant tristesse et fascherie) apportant à l'opposite toute joie et soulas? Et de fait quand ces trois princes grecs en eurent gousté, ils se trouverent tout incontinent allegez de toutes leurs peines et ennuis, et ne se souvinrent plus aucunement de haines et rancunes.

A ma volonté que tous ceux qui s'entrehaient et demandent vengeance (laquelle n'appartient qu'à Dieu seul et qui aussi se l'est reservée pour la retribuer en temps et lieu) eussent presenté et beu de ce vin de bon cœur les uns aux autres, à fin d'assopir et extirper reciproquement la memoire et racine de leurs courroux, discords, et maltalens, dont ils brulent et furient les uns envers les autres opiniastrement et malheureusement. Pour lequel si souverain don et bienfait de Bacchus, à sçavoir, d'extirpation d'inimitiez et reconciliation de bienveillances, il a esté meritoirement par les anciens colloqué et mis au rang et nombre des Dieux, le nommans et appelans encore Pere delivrant; non pas pource qu'il delivre, ou deslie la langue, non point aussi pour avoir delivré de servage les Bœotiens, et à iceux donné liberté et franchise; mais pource qu'il délivre et affranchit l'esprit et pensée du joug et gehenne de souci et sollicitude; estant le vin propre remede et medecine à tristesse et desplaisance.

Ce que le prince des poëtes grecs tesmoigne par cecy:

A l'homme chagriné sentant d'ennuy l'entorse,
Le vin par sa vertu croist le cœur et la force.

Cest avis est ensuivant
Properce, ainsi escrivant.

Ton vin (Bacchus) medecine procure
Contre chagrin et soucieuse cure.

Enquoy Tibulle n'est divers
Par ces vers.

Bacchus la poitrine deslie
De tristesse et mélancolie ;
Et à ceux que joye abandonne
Doux repos et sommeil il donne.
J'ay essayé souvent aussi
De chasser par vin mon souci.

Cela encor est trouvé
Approuvé
Si bien tries,
Es très-doctes folatries.

A BACCHUS

La force, la jeunesse,
La bonne liesse
Te suit ;
Le soucy te fuit.
Je te voy, te voyci,
Rompsouci.

Et ailleurs la mesme veine
Telle sentence rameine.

Io, qu'on boive, qu'on chante,
Qu'on enchante
La dent des soucis felons.
La vieillesse larronnesse
Ja nous presse
Le derriere des talons.

Io, garçon, verse encore :
Que j'honore
D'un sacrifice joyeux
Ceste belle onde verrée
Consacrée
Au plus gay de tous les dieux.

Que l'on charge toute pleine
La fontaine
De gros flacons surnouans.
Qu'en l'honneur de luy maint verre
My-plein erre
Sur les vagues se rouans.

Que l'homme est heureux de vivre,
S'il veut suivre
Ta folie (ô Cuissené)
Qui tes temples environnes
Pour couronnes
D'un verd pampre raisiné.

Sans toy je ne voudrois estre
    Dieu, ne maistre
Des Indiens : ny sans toy
De Thebes Ogigienne
    (Cité tienne)
Je ne voudrois estre roy.

Sans toy (dis-je) race belle
    De Semele,
Sans toy (dis-je) Nysean,
Sans toy, qui nos soins effaces
    De tes tasses,
Père Evian Lyéan.

Et encore ailleurs s'ensuit :

Quelque part où tu sois, le desplaisir s'enfuit,
Le chagrin et l'ennuy, plus soudain que la nue
Ne craint du vent Boré la contraire venue.

Mais entens, putier : escoute, aleateur : Qui a jamais escrit ny celebré les louanges de l'impudique Venus, de puterie, ny du jeu de dez ? Nul certes. Par quel bout aussi s'y pourroit-on prendre vu qu'il ne s'y trouve en quelque endroit que ce soit un seul argument d'honnesteté ? Au contraire contre tant d'illustres autheurs, le grand poëte grec s'est acquis la couronne de laurier immortelle, pour avoir divinement chanté l'honneur du joyeux Bacchus, l'excellence de la vigne, et les proprietez, utilitez et vertus du vin indicibles et non jamais assez louées, dont despits et irritez je ne sçay quels Zoïles, morfondus, ergotez et naiz seulement à mesdire l'ont (meuz d'envie) impudemment voulu arguer et taxer d'ivrongnerie et tel le peindre et imprimer, s'il plaist aux dieux, en l'éventé et crudele cerveau de l'ignorante populace. A l'exemple duquel souverain poëte, nostre très-excellent et premier Pindare, l'Apollon de tout ce Parnasse, Ronsard Vendomois, ne s'est erigé moindre trophée, remplissant de son hymne et poëme héroïque dedié à l'angélique esprit Jean Brinon, tout l'univers de la gloire de ce Dieu inventeur du vin, auquel il s'adresse ainsi :

Tu avisas un jour par l'espès d'un bocage
Un grand bouc qui broutoit la lambrunche sauvage,
Et soudain qu'il eust bien de la vigne brouté,
Tu le vis chanceler come ivre d'un costé.
A l'heure tu pensas qu'une force divine
Estoit en ceste plante, et bêchant sa racine
Songneusement tu fis ses sauvages raisins
En l'an suivant après, adoucir en bons vins.
Après ayant pitié de nostre race humaine
(Qui pour lors ne buvoit qu'eau pure de fontaine),
Tu voulus tournoier toute la terre, à fin
D'enseigner aux humains l'usage de ton vin.
Toy grand, toy dieu, toy saint, tu fléchis les rivieres,
Tu apaises les mers quand plus elles sont fieres.
Tu fis couler le vin d'un gros rocher crevé ;
Et par toy le doux miel es chesnes fut trouvé.

La musique te doit, les peuples et les villes
Te doivent leur defense et leurs reigles civiles.
La liberté te doit, qui aime mieux s'offrir
A la mort, que se voir sous un tiran souffrir.
La verité, la force, et te doivent encore
Toutes religions dont les dieux on adore.
Tu rens l'homme vaillant. Tu maries au conseil
De celui qui te croit un pouvoir nompareil.
Par toy les devineurs troublez dans leurs poitrines,
Fremissent sous le joug de leurs fureurs divines.
Tu fais germer la terre, et d'estranges couleurs
Tu bigarres les prez orgueillis de leurs fleurs.
Tu desdaignes l'enfer, tu restores le monde
De ta longue jeunesse, et la machine ronde
Tu poises justement, et moderes le bal
(Toy balant le premier) de ce grand animal.
Par toy (pere) chargez de ta douce ambrosie
Nous eslevons au ciel l'humaine fantasie
Portez dedans ton char, et d'hommes vicieux
Purgez de ta liqueur, osons monter aux cieux,
Et du grand Jupiter nous asseoir à la table.
Je te salue à droit le lychnite admirable
Des hommes et des dieux.

Et ailleurs à la pompe du bouc du divin Jodelle Parisien : encores à Bacchus :

Tu romps en deux
Les rochers niveux,
Tu fais hors de tes veines
Tressaulter aval les fonteines

Douces de nectar et des houx.
Tu fais suinter le miel doux,
Le contre en voute doublé
Te doit, et Ceres porte blé
Te doit, et te doit encore
L'honneur par qui les hauts dieux on decore.
Mille cœurs de poëtes divins,
Mille chantres et devins
Fremissent à ton honneur.
Tu es à la vigne donneur
De sa grappe, et au pré
De son email diapré.
Les rives par toy fleurissent,
Les blez par toy se herissent.
O alme dieu,
En tout lieu
Tu rens compagnables
Les semences mal sortables.
Tu repares d'une jeunesse
La vieillesse
Des siecles fuians par le monde,
Tu poises ceste masse ronde.
(O demon) et tu enserre
L'eau tout au rond de la terre.
Et au mylieu du grand air fortement
Tu pends la terre justement.
Par toy chargez de ton nectar
Rampans avec toy dans ton char,
Nous concevons des cieux
Les secrets precieux.
Et bien que nous soyons qu'hommes,

Par toy demy-dieux nous sommes.
Je te salue (ô Lychnite)
Je te salue, ô l'eslite
Des dieux, et le pere
A qui ce tout obtempere.

Au moyen desquelles si grandes vertus, utilitez et bien provenans de l'invention, et don precieux de ce triomphant Dieu Bacchus (à sçavoir du vin, si puissant et victorieux, que nul, quel qu'il soit, comme dit aussi nostre poëte, le peut contraindre; ains qui peut tout forcer et faire ployer sous son thirse) ne faut s'esbahir si maints personnages de moyen et bas estat, gens d'honneur et vertu toutesfois, en ont esté vaincus et abattus, que mesmes aucuns très-grands monarques, empereurs et roys très-illustres et maints severes et graves philosophes, sont tombez en cest inconvenient; voire et quelquefois se sont volontairement adonnez à trousser le gobelet plus largement que de coustume, mesmement jusqu'à excès; tant la doulceur de ce nectar a de vertu et puissance; tellement que par leur exemple, ebrieté non-seulement a esté illustrée et decorée, mais aussi faicte et rendue imitable et digne d'estre ensuyvie.

Entre autres, le fort et magnanime Hercule, par ses vertus et prouesses mis au rang des Dieux, est memoré s'estre souvent enyvré et pour ceste cause il est aucunes fois peinct tenant un grand pot ou vase semblable au canthare de Silene.

Valere fait mention qu'il se trouve, le bon et louable roy des Macedoniens Philippe, avoir esté quelquefois ivre et temulent.

Son fils, monarque universel, Alexandre le grand, a esté fort ardent au vin et prompt à ivrongnerie.

Demetrie, aussi roy des Macedoniens, très-illustre et belliqueux, beuvoit oultre mesure (dit Tite-Live) avec et entre ses semblables, specialement es jours feriez et solennels, suivant la coustume de ce pays-là cy dessus alleguée.

Le très-fameux Cambise, roy des Perses et Medes (qui par force et vaillance d'armes ajousta à sesdits royaumes celuy des Egyptiens, desquels offensé par leurs superstitions et idolatries religieusement il fit desmolir et abattre les temples, où ils sacrifioient à leurs faux Dieux ou idoles Apis ou Osiris, et autres dont ils avoient infinité), n'a eu honte de boire intemperamment jusques à souventes fois estre surpris d'ebrieté et vinolence: autheur Herodote.

Mesme le tant vertueux et severe Caton en a quelque fois esté atteint, se recreant à boire excessivement, de sorte que combien qu'il eust acquis le nom de sage (l'ayant certes très-bien merité par austerité et integrité de vie) et qu'il fust pareillement si opiniastre et entier ennemy et reprobateur des vices, neantmoins il s'enivroit et estoit sa vertu (dit Horace) souvent noiée en vin; duquel, tant digne et grave personnage, comme d'avanture quelques-uns l'ayans rencontré en chemin, eurent descouvert le tetrique et renfrongné visage, que lors estant ivre il avoit caché de sa robe, et congnoissans que c'estoit luy, ils devindrent tous honteux, frappez de crainte et repentance, comme s'ils eussent lourdement delinqué, d'avoir mis la main en tel endroit: et ce non de merveilles; car en luy tant homme de bien et louable, ebrieté fut veue et reputée venerable et irreprehensible.

Si donc, Messieurs, à l'imitation de tant fameux, très-grands et insignes heroës, je fais joug sous ce victorieux sceptre bachique; si quelquefois laschant et abandonnant la rene, je cours à bride avalée après le divin char de Bacchus; si je suis emmiellé de la doulceur de ce tant delicieux nectar, aymé, prisé et cherché de tous, la vertu et force duquel a sçeu vaincre et emporter, non-seulement les demy-dieux, mais aussi les dieux mesmes; si je les ensuys et fais à l'exemple d'eux, l'autorité desquels est de telle efficace, si grande et vallable, qu'ils pourroient plustost rendre ebrieté noble et glorieuse, que par elle estre faits infâmes et vituperables: pourquoy auray-je honte d'estre appelé ivrongne et bon biberon, et de fait estre tel? A quelle raison me sera imputé à vice, ny criminel ou reprehensible en moy, ce qui n'est pas tant seulement appuyé ou excusé par si valides exemples, mais aussi par iceux octroyé et permis?

A ces causes, Messieurs, si voulez (comme devez) observer ceste clause et intention testamentaire de defunct nostre pere, par necessité vous desheriterez ou cestuy-cy ou cestuy-là de mes deux freres, ou bien tous deux ensemblement, comme les plus vicieux, m'adjugeant par vostre equitable sentence la succession à present contencieuse. Car oultre et par dessus les moyens et raisons cy-dessus deduictes et aleguées, vous sçavez trop mieux par communs et quotidians exemples, combien le vice, opprobre et dommage de puterie et du jeu de dez, est sans nulle comparaison plus grand, plus infâme et pernicieux que d'ivrongnerie. Es liens et filets de laquelle si aucunes fois je suis empestré et enveloppé, ce n'est certes pour en devoir estre tant blasmé, ains plustost deschargé et absous à pur et à plein, ayant suivy et fait à l'exemple et vestige des dieux et heroës incomparables, notamment Hercule, Alexandre et Caton ; avoir lesquels pour guides et defenseurs, ce n'est seulement chose digne d'excuse et pardon, ains aussi meritant gloire et louange. Mais avant que cesser, pour ce que par avanture le putier me pourroit objecter que ebrieté est cause de puterie, comme non moins follement que peu veritablement on allegue, et partant mon vice estre plus grand que le sien; je soustiens et veux prouver le contraire par la bouche et confession mesmes de tous les paillars et putiers (auxquels je m'en rapporte), car ils me confesseront (bon gré mal gré) qu'ils n'oseroient s'enyvrer ne boire largement vin qu'il n'y ait les trois parts d'eau, principalement lors qu'ils ont les combats assignez, à fin de mieux esteindre les bruslans appetits insatiables et ardeurs inextinguibles de leurs putieres. Que si elles les trouvent ou congnoissent ivres ou forbeuz, ou subjets au vin et enclins à en boire, ils ont bientost de leurs bonnes maistresses la prebende de va-t'en, et se fait soudainement change et mutation de nouveaux serviteurs. Ce qui ne se pratique seulement de deux ne de trois jours en ça; car, entre autres, Marcial (se moquant de tels putassiers hidropotes, en la personne d'un nommé Ruffus, qui se contenoit sans boire quasi que de l'eau, lorsqu'il attendoit Nevie, fille de joye, laquelle avoit promis venir coucher avec luy, toutesfois elle l'abusa) a tesmoigné y a plus de xiiij cens ans, par l'epigramme qui s'ensuit, que les putiers de son temps estoient ainsi beuveurs d'eau; qui est bien pour monstrer qu'yvrongnerie n'attrait et n'engendre pas paillardise, ains qu'elle la recule et esteint. Or voici ce que ce facecieux poëte en dit:

A RUFFUS

Tu bois tousjours quasi eau toute pure:
Et si tu es de boire d'avanture
Aucunesfois pressé par ton amy,

Peu vin tu boys, plein d'eau plus qu'à demy.
T'a point Nevie à ceste fois promis
L'heureuse nuict ottroyée aux amys ?
Aymes-tu mieux Venus non envinée,
Et sobre ainsi le jeu Cupidinée ?
Tu ne dis mot, tu te plains, tu gemis.
Or puis qu'ell' t'a ce coup en oubly mis
Tu peux bien boire hardiment, et par vin
Ta vilanie et honte mettre à fin.
Qu'est-ce, Ruffus, que tu te contregarde ?
Il faut dormir, de l'avoir tu n'as garde.

Certainement on ne sçauroit de trop aigre dent poursuivre tels infâmes putiers, lesquels pour plus enflammer leur vilanie, à laquelle ils sont naturellement trop ardens, cherchent mille malheureuses allumettes, chose abhorrente à Dieux, aux hommes et nature. Concluant comme dessus.

FIN

DECLAMATION

DU PUTIER ET DU JOUEUR DE DEZ

A l'encontre de l'Ivrongne, leur frère.

ESOPE, en l'une de ses fables non moins elegantes et facecieuses, que pleines de bonne doctrine et erudition, fait recit d'aucuns hommes portans des bissacs sur leurs espaules, lesquels au sac de devant mettent les petites taches et bubes d'autruy, et en celuy de derriere leurs grosses rongnes et ulceres; par cela, messieurs, non moins veritablement que plaisamment nous donnant prudemment à entendre, que volontiers nous prenons bien garde, voire et veillons songneusement aux imperfections des autres et fautes de nostre prochain, estans comme d'un malheur naturel en cela tout couverts d'yeux et très-clervoyans,

6

ainsi qu'Argus et Linx. Mais à veoir, chercher et cognoistre nos vices et crimes, nous sommes aveugles et endormis comme taupes. Et cecy nous avons, aussi bien qu'en infinis autres, specialement et manifestement ce jourd'huy apperceu en nostre frere l'ivrongne, lequel plus qu'idiot et hebeté en son propre fait, mais très-subtil et esveillé au nostre, jetant son œil sur nos legeres gratelles, ne voit, ne sent aucunement ses dangereuses fistules et profondes cicatrices, et ainsi en soy-mesme abusé, declamant à l'encontre de nous deux ses propres freres et nos semblables putiers et joueurs de dez, n'a pas seulement proposé et maintenu ebrieté ou ivrongnerie, pource que volontiers il y est subjet, meriter excuse et pardon; mais aussi, s'il plaist aux Dieux, estre desirable et digne de louange. Mais nous ne voulans aucunement couvrir ny masquer nostre vice et opprobre, bien que petit, purement et franchement confessons puterie et jeu de dez, estre deux choses fort vicieuses et infâmes, mais non pas tant qu'ivrongnerie.

Ce que nous soustenons et ferons clairement apparoir, par exemples et argumens invincibles; vous supplians, messieurs, ainsi qu'ententivement avez ouy nostre frere nous courant sus, ainsi d'affection attentive et volontaire nous escouter luy rendans bille pareille, à fin que si en medisant et detractant d'autruy, il a pris et receu quelque plaisir, en escoutant et ressentant de mesme, il desgorge et perde du tout. Vostre devoir sera (ô juges) nostre plaidoyé finy, et la conference de nos vices alternativement faite prudentement et justement pesée et balancée, prononcer vostre sentence.

Or à fin que par cecy nous commençons, l'homme n'est pas fait et composé de l'âme tant seulement, ny du corps aussi tant seulement, mais il l'est de tous les deux ensemblement. Et pour ceste cause il entretient et contregarde en très-grand soin et diligence la bonne disposition et integrité de l'un et l'autre. Quant à l'âme il s'efforce la conserver es dons de grâce divinement à elle departis, qui sont les vertus, entre lesquelles prudence la première et principale reluit, comme le soleil sur les estoiles. Quant au corps, il ne met moindre entente et sollicitude à le garder et entretenir es dons de nature, comme force, agilité, dexterité, santé, et autres. Et bien que ces uns et autres dons soient si precieux et inestimables, mesmes les premiers (à sçavoir, de l'âme, specialement prudence, qui est la seule art de la vie, et sans laquelle il est impossible de se conduire par raison); ce neanmoins ils sont perdus et dissipez par ebrieté.

Car elle n'est autre chose (dit Plaute) que pur dommage, et n'attire et ameine rien (dit le prophete Abacuc) que diffâme et ignominie avec pauvreté: estant grandement à noter que tout homme adonné au vin, quelque laborieux, excellent et parfait ouvrier, en quelque art ou science que ce soit, n'enrichira jamais, dit Salomon. Ne prive pas ebrieté l'homme de son entendement? ne le rend-elle pas insensé? ne luy ruyne-elle pas l'esprit et cerveau, le bannissant de raison et prudence? Davantage elle desrobe la santé, engendre prodigalité, consomme l'honneur, n'a honte de rien, expulse les vertus, denigre et perd la bonne renommée, esbranle le jugement, et aveugle la pensée. En quoy je viens à esmerveiller la diligence et sagacité des anciens, qui non moins doctement que proprement ont appelé le vin Temete, c'est-à-dire, tenant ou tentant la pensée; et par consequent ont aussi nommé ivrongnerie Temulence; noms certes à ce très-propres et exprimans au vif l'effet du vin pris outre mesure. Car ivrongnerie ça et là pousse et agite la pensée, la tenant et esbranlant à son plaisir et vouloir, comme un navire souffleté des vens impetueux.

Mais (ô Dieu immortel!) quel vice plus infâme et deshonneste peut avenir à l'homme, qu'ebrieté? laquelle (selon l'opinion d'Enne Seneque, ennemy mortel des vices) est une pure rage et insensement volontaire. Y a-t-il rien plus vilain, ny plus sentant la beste brute, que de son bon gré et franche volonté se jeter et aliener hors de soy-mesmes, à sçavoir, de son entendement et puissance, et devenir sans aucun jugement ny raison, comme un enfant d'un ou de deux ans ? ce qu'ordinairement fait l'ivrongne ; car dès que le vin outrageusement pris et espandu au corps commence à s'y eschauffer et bouillir, tout aussitost il abat et prosterne la vigueur et vertu de l'esprit, ravissant et emportant à l'homme son courage et pensée, tellement qu'il n'a plus congnoissance aucune de ce qu'il fait.

Certainement ceste-cy est la plus grieve injure que l'on puisse faire à l'homme, que luy reprocher d'avoir volonté, et prendre plaisir d'estre fol et insensé, et de fait par luy-mesme devenir tel : attendu que le propre et peculier de l'homme c'est d'estre prudent et jouyr de son esprit et entendement, duquel ivrongnerie est la vraye et naturelle ruyne. Non sans cause donc Androcide sagement a dit que tout ainsi que la ceguë est venin et poison à l'homme, ainsi le vin l'est à la ceguë ; voulant par cela inferer et donner à entendre, le vin estre à l'homme venin des venins. Et certes si nous y voulons profondement penser, et quant aux mots, et quant à l'effet, venin n'est vraiment qu'un diminutif de vin : pourceque de luy plus que de tout venin, procedent plus de maux et dangers ; car qui ignore la superfluité et intempérance du vin engendrer infinis malheurs et inconveniens au préjudice et detriment de la salubrité de l'homme, tant interieurement que dehors ? D'où viennent les estonnemens du cerveau, stupidité, pesanteur de teste, sommeil continuel, hebetement, rompement d'estomac, estourdissement de teste, l'escarlate et chassie aux yeux, débilitation et apetissement de veue, retirement et refroidissement de nerfs, tremblement de mains, puanteur d'haleine, fievres chaudes, ulceres aux jambes, et tant d'autres maux, sinon d'ebrieté ? laquelle rend aussi l'alleure incertaine et chancelante. Car, comme dit Plaute, le vin est cauteleux lutteur ; il prend et gagne les pieds premièrement.

Brief d'ebrieté naissent innumerables especes et genres de maladies, et bien souvent la mort intestée. A ceste cause ebrieté est justement appelée mere et source des maladies : pour laquelle raison dès que quelqu'un est tombé malade, la premiere chose et ordonnance que fait le medecin, c'est de luy defendre et oster le vin du tout, comme la seule racine et nourriture de la maladie. Ce qu'approuvant Ciceron au troisiesme de la nature des dieux, pource que le vin, dit-il, nuit très-souvent aux malades (car aux personnes saines il profite rarement et très-peu), c'est beaucoup le meilleur de ne leur en bailler point aucunement, de peur que sous espoir douteux et incertain de leur donner santé, ne leur donnions la mort, ou autre grief inconvenient certain et asseuré.

Outre lesquels dangereux accidens, infamies, et miseres dessusdites, l'ivrongne n'a jamais cesse, jusques à ce qu'il ait entierement prodigué tous ses biens et facultez entour le vin friant et delicieux, l'estimant et prisant beaucoup plus cher et precieux que l'or, et avec plus grand plaisir et delectation le contemplant que le ciel ne le soleil, et finalement (comme on voit ordinairement) sans qu'il soit besoin d'autres exemples, ebrieté tousjours suivie de douleur et desplaisance s'en va infâme et ignominieuse, rendre toute nue, dit Salomon, entre les bras de mendicité, sa fidele et très-asseurée compagne, avec laquelle perpetuellement elle demeure, de toute louange et honneur vuide, et estrangée.

Pour ces causes quand aujourd'huy d'injure très-vilaine et très-piquante on veult infamer et poindre outréement une personne, c'est de l'appeler ivrongne; et non-seulement de ce temps-cy, mais aussi de toute ancienneté, on a usé de ce reproche, comme très-detestable et non moins atroce. Achille provoqué et irrité d'Agamemnon en Homère, ne sceut trouver terme plus injurieux et poignant, dont il le peust plus vituperer et vivement atteindre, sinon de l'appeler Oenobares, mot grec, qui vaut autant à dire comme surpris et gagné de vin. La mere de St Augustin ayant esté piquée et esguillonnée de mesme par sa chambrière, trouva cest opprobre si outrageux et plein de vergongne, que depuis elle ne beut que de l'eau quasi toute pure.

Enquerez-vous, messieurs, enquerez-vous par tout le monde: interrogez toutes personnes que vouldrez, et de l'un et de l'autre sexe, de quelque qualité, vacation, et estat que ce soit, vous n'en trouverez point, qui n'aime trop mieux estre accusé ou blasmé de puterie et jeu de dez, que d'ebrieté ou vinolence; tant l'ordure et fedité d'icelle est congneue et reputée de tous très-vicieuse et infâme.

Considerez combien d'homicides et autres inhumanitez et fureurs, ont commis et perpetré, mesmes quelquefois en leurs parens et amys, ceux qui du tirse de Bacchus ont esté frappez et agitez. Car le vin, seducteur et corrompeur de l'entendement et pensée, comme tesmoigne Esdras, fait que les ivrongnes prennent les glaives, frappent et tuent, puis estans desenivrez, au reveil n'ont pas souvenance de ce qu'ils ont fait, non plus que bestes.

Ce grand Alexandre (de l'exemple duquel, ô mon frere, tu t'es tant glorifié) n'a-il pas estant ivre occis entre les viandes et à table, Clite son loyal conseiller et amy fidele? N'en a-il pas autant fait du vertueux philosophe Calistene, et autres ses domestiques et familiers? Puis quand il estoit desenivré, il se contristoit et desplaisoit tant qu'il se prenoit à pleurer, et souhaitoit estre mort. Mais ces exemples ne nous sont pas escris et delaissez, à fin de nous semondre et inciter à ivrongnerie e temulence, comme tu en as mauvaise opinion; ains plutost à ce qu'ils nous en espouvantent et retirent. Ignores-tu de quelles et combien grandes occisions, ruines et calamitez, la publique ebrieté a esté cause? Par elle les plus robustes et belliqueuses nations ont esté mises et livrées es mains de leurs ennemis; elle a soubmis au joug d'autruy les plus superbes et arrogans; elle a vaincu et dompté les invincibles aux armes; elle a esté le seul moyen de la deffaicte des Lapithes, peuple de Thessalie, excellens guerriers; par elle les Siracusans tomberent en la main de Marcel sous la puissance des Romains; par elle les horribles Massagettes Scithiens furent vaincus des Perses. Elle a fait cheoir l'orgueil de Babilone en la dition du bon roy Cirus; par elle ceste grande et tant fameuse ville de Troye fut finalement aisée à sacager en une seule nuit par une petite troupe de Grecs, la trouvans, afin que j'use des propres mots de Virgile, ensevelie en vin et sommeil; elle enflamma le roy Cambise, par toy cy-dessus allegué, à tuer son bon et fidele conseiller Prexaspe, parce qu'il luy remonstroit son ivrongnerie.

Pareillement le très-vaillant roy Philippe de Macedone, dont par cy devant tu as aussi fait mention, estant troublé de vin, par son jugement renversa le bon droit d'une pauvre vefve; laquelle apercevant qu'il estoit ivre, d'une voix franche et pleine de louable liberté: J'en appelle, dit-elle en s'escriant, à toy-mesme; mais que tu soyes desenivré. Elle fit perdre l'œil au cruel ciclope Polipheme par les mains d'Ulisse, que cest horrible monstre tenoit enfermé avec maints autres Grecs en sa caverne.

Par ce que dessus, il est très-cler, voire aux aveugles mesmes, le vice de l'ivrongne estre trop plus grand et infâme, ny que du putier ny que du joueur de dez, et n'en desplaise à la doctrine des Stoïciens, par laquelle plus subtilement que veritablement, ils maintiennent tous pechez estre pareils et semblables; chose fausse et propos mensonger, que tous les jours la vie des hommes mesmes reprouve et confute, que le sens commun et naturel confond, et que la raison et verité condamne et redargue.

Ce nonobstant (ô frere), entens encores quel passe-droit nous te voulons faire et conduire la chose. Soyent de nous trois les vices pareils, ou bien, si tu l'aimes mieux, soyent les nostres plus grans que les tiens. Si est-ce par necessité (vueilles ou non) tu nous accorderas que tout homme estant ivre et surmonté de vin, est aliené et hors de son sens et entendement, n'ayant rien de soy en sa puissance, en sorte qu'il ne sçait qu'il dit ou fait non plus qu'une beste brute. Ce que concedé nous demourerons facilement vainqueurs, et emportans gain de cause, parviendrons à la succession paternelle, consideré qu'à ce vice, comme seul et comme s'il n'y en avoit point d'autre, il n'y en a point de pareil ny second.

Songe hardiment tant que tu vouldras, controuve, feins: tu ne nous trouveras jamais sans avoir nostre pensée et entendement en nostre puissance et domination, ce qu'ebrieté ou ivrongnerie t'emporte et ravit, te rendant tout furieux et insensé. Toy donc, ainsi hors de toy et n'estant plus homme, ains perdant totalement le nom d'iceluy, et ne differant quasi en rien des bestes brutes, n'es-tu pas (voire et n'y eut-il que ce seul point) très-vicieux et infâme sur tous, et conséquemment digne de ceste desheredition?

Or, messieurs, quant à ce que nostre frere l'ivrongne a tant exalté et glorifié le vin, jusques à l'eslever par dessus le ciel, soustenant par l'appuy et sentence d'Asclepiade, qu'on le peut quasi accomparager à la puissance des dieux, il bat l'eau et combat en l'air; car en blasmant ebrieté, nous ne blasmons ny entendons blasmer le vin. Nous n'en beuvons point maugré nous ny à force. Nous sçavons fort bien ces deux liqueurs, à sçavoir, le vin et l'huile, estre très-salubres, bonnes et agreables au corps humain, le vin dedans, l'huile dehors. Nous n'ignorons point aucune chose n'estre plus profitable à l'homme sain, que le vin pris avec modestie. Nous confessons qu'il recrée et conforte l'estomac, incite et provoque l'appetit, dechasse la tristesse, concilie le sommeil, bref qu'il nous est de très-grande utilité, pourveu toutesfois qu'on en boive très-peu, ou plustost pour le mieux par certaine mesure et temperance. Nous croyons son commencement et creation n'avoir esté que pour nostre soulas et esjouissance, en usant d'iceluy avec modestie toutesfois, comme avons dit, et non pas pour s'enivrer.

Donques ce a esté chose vaine et superflue, comme ne servant de rien, ce long discours que nostre frere a fait cy-dessus à la louange de vin; car il n'y a personne qui en mesdie, ou le blasme; mais nous condamnons bien ebrieté, et les ivrongnes, comme luy. Ce sont ceux-là que nous tenons ores sur les rangs, soustenans de pied ferme, qu'ils ne sont en quelque sorte que ce soit excusables ne defensables, ains à reprouver, comme très-vicieux et infâmes.

Pour à quoy parvenir: quant à ce que tu as voulu, ô ivrongne, courir et defendre ton ivrongnerie par les loix platoniennes, sçaches que les saints statuts et decrets de ce divin philosophe ne dependent en rien de toy, mais de nous; car tu ne les entens aucunement. Sçaches donc que ce severe legislateur (lequel comme precepteur et suadeur de temulence tu as cy-dessus faussement allegué) damne et aborre ce vice totalement, commandant et ordonnant très-expressement le pur breuvage d'eau aux jeunes gens, leur ostant du tout et defendant le vin, ne voulant le feu estre incité par feu. Il veult aussi les personnes mariées et habiles à engendrer s'abstenir de vin, et n'en boire point, à fin que l'enfant soit conceu solide, entier et rassis; car des ivrongnes (comme il est vraysemblable, attendu que l'excès et superabondance du vin, trouble et insense tout l'homme) les enfans naissent difformes, contrefaits et manques, et de membres et de meurs, legers de cerveau, estourdis et eventez.

Ce que fort bien notant Diogene, et voyant un jeune homme fort vilain et dissolu en paroles : Veritablement, dit-il, mon amy, je puis dire sans faillir, que lors que ton pere t'engendra, il estoit ivre. Au regard de ton autre couverture, à sçavoir, d'Hercule, Alexandre et Caton, desquels tu as semblablement cy-dessus fait si grande parade, comme du bouclier d'Achille, allegant et attribuant à ta gloire et vantance, qu'ils ont esté grands et insignes biberons, voire, comme tu dis, jusques à ebrieté ; et que les imiter n'est que suivre la trace et vestige des plus vertueux et illustres qui furent onq : vien-ça, mon frere, je te supplie, tels heroës te plaisent-ils si fort ? Sont-ils tant à ton gré, que pour guidon tu les veuilles ensuivre ? Or sus, donc, ensuis-les de toutes choses; et tout ainsi que tu les veux ressembler de vice, sois aussi pareil à eux de vertu. Suys leurs enseignes et voyes : continue leurs pas et destroits. Sois par destruction et sacagement de tirans et monstres, un second Hercule ; par grandeur et admiration de prouesses et victoires, un autre Alexandre ; par gravité et sanctitude de mœurs, semblable à Caton. Alors sera en toy ebrieté autant excusable et remissible, qu'elle a esté en ces trois demy-dieux, et autres rares personnages, qu'as cy-dessus mis en avant; et n'aurons plus ensemblement querelle ne question pour l' heredité paternelle, ains franchement et de gré nous te la quitterons; et adonc nous deux seuls debattrons à qui l' emportera, comme le moins vicieux; toy (pour ce regard), demourant hors tout dé et hasard de jugement jà ancré au port d'asseurance.

Mais, ô Dieux eternels! quelle est ceste mauvaistié naturelle? Quelle est ceste perversité et malice née en nous? Quelle est ceste eshontée improbité aux hommes peculiere, vouloir estre egalé aux très-illustres personnes, et avoir telle reputation qu'elles, neantmoins ne les ressembler ny ensuivre en rien que de vice et imperfection, laissant et oubliant leurs vertus et louanges? Vien-ça, mon frere, ivrongnerie te plaist-elle en Alexandre? Te plaisent aussi ses vaillantises et conquestes quasi incroyables. Te plaist-elle en Hercule? Te plaisent pareillement ses continuels travaux et labeurs indicibles. Te plaist-elle en Caton? Te plaise semblablement sa modestie et austerité.

Brief, aquiers, comme eux, par actes nobles et vertueux, louange et gloire perpetuelle; et lors nous te tiendrons pour excusable. Toutesfois, ô frere, entens et retiens que ces trois tant illustres personnages très-renommez, ne se troubloient de vin ordinairement, comme tu fais; car en si nobles et magnanimes poitrines, les choses honnestes et les vilaines ensemble, ne peuvent avoir association ny alliance. Vray est qu'après incredibles peines, veilles et sueurs, que sans cesse et jours et nuicts ils enduroient de courage invincible, ils se sont quelquesfois, pour repatrier leurs esprits et soulager, relachez à boire un peu plus librement que de coustume ; mais ceste petite tache (comme nulle) est par leurs grandes vertus blanchie et effacée.

Donques, mon frere, puis qu'au trac et vestige de leur vertu et magnanimité, tu n'aspires aucunement, n'ayant veine ny nerf qui y tend, cesse doresnavant de faire mention d'eux, ny t'aider de leurs exemples, lesquels ici de par toy alleguez et mis en avant, pensant faire ta cause bonne, la font beaucoup pire et plus laide que si jamais tu n'en eusses parlé. Je m'esmerveille fort comme en cest endroit tu as passé sous silence Claude Tibere Neron, de l'exemple duquel, comme d'un Cesar et empereur Romain, tu eusses fait, c'est à sçavoir, un brave boulevart, car pour ce qu'il brusloit d'une ardeur insatiable après le vin, par maniere de raillerie, ou plustost d'infamie, au lieu de ses trois noms dessus dits, il fut nommé Calde Bibere Meron, et ce fort bien à propos et convenant le nom à la chose, comme souvent advient. Car c'estoit à dire, ardent et grand beuveur de vin pur : auquel il estoit si enclin, et adonné à ebrieté, qu'il eslevoit es haults honneurs et dignitez les plus vinolens et grans biberons. Entre autres il donna l'office de prevost en Rome à Pison, pour ce que par l'espace de deux jours et deux nuicts, il luy avoit tenu continuellement compagnie de boire et ivrongner.

Mais tels exemples (soient de monarques, empereurs, ou de tant illustres et rares personnages, et autres que l'on vouldra) nuisent certes trop plus, et infament ceux qui en cela les ensuivent, qu'ils ne les honorent et defendent. Que si leur authorité (messieurs) vault pour soustenir et couvrir les vices, nous ne demourerons point à faute d'empereurs et rois, voire des plus grans et plus fameux qui furent onc, que ne fassions nostre cause bonne, et ne soyons les plus forts. Et d'entrée, pour la defense en brief de l'aleateur : ce très-grand monarque, sous l'empire duquel fut paix universelle, Auguste Cesar très-bon prince, a esté tant amateur du jeu de dez qu'il ne se passoit jour ne nuit qu'il n'y jouast coustumierement. Claude Cesar aussi empereur en fut si studieux, qu'il en composa un livre tout entier, intitulé *l'Art du jeu de dez*, auquel il se monstra tant aspre, que mesme en sa litière allant par païs, il ne se pouvoit contenir d'y jouer. Pline au 37e livre de l'*Histoire naturelle*, comme le très-docte Budé recite en son *sommaire d'Assé*, faisant mention du noble triomphe qui fut fait en Rome au grand Pompée, pour la victoire par lui obtenue contre ces deux très-puissans roys Mithridate de Pont et Tigrane de la grande Armenie, escrit qu'entre autres les plus insignes despouilles et trophées de triomphe, on y portoit devant ce vaillant et victorieux romain un tablier d'incredible valeur, fait de deux pierres precieuses longues de quatre pieds, et larges de troys, dont il ne se trouve, dit Pline, pierre aujourd'huy de telle grandeur, dedans lequel tablier estoient les dez. A quoy on peut congnoistre l'un de ces deux roys avoir eu en grand amour et estime les dez, le jeu et exercice d'iceux, les ayant voulu si richement et precieusement orner et loger. Ce que demonstre assez qu'il n'y avoit peu mis son plaisir, affection et estude; et ce à l'exemple d'Alexandre le grand, lequel pour mieux exprimer le singulier desir et zele qu'il avoit à l'*Iliade* d'Homere, a voulu poser et enclorre ce divin œuvre dedans un très-riche petit escrin ou coffret d'or, tout couvert d'escarboucles et autres gemmes de prix esmerveillable, qu'il avoit conquis avec autres tresors sur le très-puissant roy des Perses, Daire dernier.

Mais cessans tous ces exemples, encores n'a esté ce jeu en si petite reputation entre les plus graves et erudits auteurs et philosophes, que le prince d'iceux, Platon, n'en ait fait comparaison à la vie humaine. Et davantage, outre le plaisir qu'on y prend, il est utile et salubre au corps humain. Car combien que plusieurs doctes et expers medecins tiennent que toute agitation ou motion, quelle que soit, ou d'esprit, ou de corps, faite au dedans d'une heure après le repas, est inutile et peu profitable à la santé, neantmoins il y en a plusieurs autres de bon cerveau et sain jugement, lesquels incontinent à l'issue de table et refection, par maniere de passetemps et exercice, et pour eviter oisiveté, sommeil et fascherie, s'esbattent et recréent à ce jeu. Dont certes ils ne se trouvent que trèsbien; car par le moyen de ce jeu honneste et licite ils resveillent leurs esprits et s'entretiennent en allegresse et bonne disposition, y fraudans et decevans bien souventes fois les ardentes chaleurs de l'esté et fâcheuse longueur des humides et froides nuicts hyvernales. Et encores (selon l'opinion des Candians) ce jeu supporte la faim fort longtemps, comme il se lit en la *Cosmographie de Teut*, qui l'accomparage à une herbe fort singuliere nommée Alymos, laquelle a grande vertu et proprieté contre la faim. Et ce suffise pour l'excuse du joueur de dez.

Venons maintenant au fornicateur on putier.

Nous sçavons certainement qu'il n'y eut jamais homme plus plein de sagesse, que le roy Salomon ; car Dieu luy en avoit peculierement fait don, et pour ceste cause le nom de sage luy a esté attribué pour jamais. Ce neantmoins il a esté lubrique à l'extremité, voire jusques à avoir et entretenir domestiquement quasi innumerables troupeaux de concubines. Le trèspreux et premier empereur Jules Cesar s'est monstré putier si manifeste et publique, que communement et devant tout le monde à juste cause on le nommoit homme de toutes femmes. De mesme coing estoit frappé le magnanime et vertueux aussi empereur Federic, trainant et menant ordinairement avec luy quasi comme un haras de putains. Mais quel besoin d'amener cy en particulier d'autres exemples? Certes ce ne seroit que superfluité, comme estans trop congneuz, et dont les histoires sont toutes pleines; mesmes des plus excellens hommes qui furent onc jusques aux plus severes philosophes, par lesquels nous rendrions paillardise illustrée et louable; ainsi que nostre frere l'ivrongne a voulu faire d'ebrieté. Mais nous ne voulons point laver nos vices et taches par si foible et leger moyen; nostre intention n'est de nous couvrir d'un sac mouillé. Certes nous tendons bien ailleurs, nous voulans fortifier d'autre rempart très-fort et inexpugnable. Car nous proposons et maintenons hardiment n'y avoir chose sous le ciel tant requise necessaire ou desirable pour la creation, essence et conservation de tout le monde, ensemble de toutes choses qui y sont, que l'exercice naturel et coït venerien. Que si vous l'estrangez et exterminez, adonc c'est bien force que tout ce qui est animé faille et termine. S'absente et s'aliene Venus de la societé humaine, le monde (à fin que j'use des paroles de Seneque) demourera gisant contre terre, fangeux, difforme, ord, crasseux et vilain. Ostez et separez le trafiq, et commerce amoureux de l'un avec l'autre sexe ; alors vous verrez tout se troubler, mesler et brouiller en desordonnez appetits incestueux et illecites, et toutes choses retourner (comme en un chaos) en ruine et confusion. Ce nonobstant nous n'alleguons point cecy pour pallier nos offenses, et nous justifier. Car purement et franchement nous confessons le putier et joueur de dez estre vicieux, et tels nous recognoissons; mais non pas tant que nostre frere l'ivrongne. Ce que par cy devant nous pensons avoir assez clairement demonstré.

Toutesfois, Messieurs, à fin qu'en vos poitrines n'en demeure aucun scrupule ou doute, et vous ne jugiez l'ivrongne estre trop plus vicieux et infâme que le putier et aleateur : pour tousjours rendre son opprobre et ignominie plus manifeste et oculaire, nous avons deliberé, à l'exemple de luy, qui s'est aidé de la sentence et opinion de maints doctes autheurs, pour la justice de nostre cause alleguer et mettre en avant l'authorité et opinion des meilleurs et plus approuvez, qui en ont escrit et traicté; chose non moins à reciter utile et fructueuse, qu'aux oreilles des sçavans et erudits plaisante et agreable.

Les Lacedemoniens, tant bien instituez en toute vertu et modestie par les loix de Licurgue, ne sçavoient anciennement, dit Xenophon, que c'estoit que de vin, comme n'en beuvans quasi point, ou s'ils en beuvoient, c'estoit avec tant d'eau, qu'il ne leur sentoit rien, leur defendant très-estroictement ce sage legislateur les superflues beuveries et vinositez, et ce sur grandes peines et punitions indites; comme vice infectant, disoit-il, la santé et allegresse du corps, et la noblesse et integrité de l'esprit; leur permettant neantmoins aucunes fois boire du vin, mais bien peu et avec grandissime sobrieté. Plutarque en ses apophthegmes raconte que les mesmes Lacedemoniens, craignans leurs enfans encourir en ce vice d'ebrieté, pour mieux les en estranger et divertir, avoient ceste coustume de faire venir devant eux aucuns de leurs serviteurs, ou, comme aucuns disent, des portefaix et autres estans quelquefois ivres, à fin que leurs enfans voians l'infamie et laideur de ces ivrongnes, eussent ce vice en perpetuelle horreur et abomination. Jadis les Perses (gens fort belliqueux) n'usoient point de vin (dit Xenophon), mais estoit leur breuvage seulement d'eau toute pure. Les enfans desquels, dit encores ce mesme autheur, allans par païs portoient ordinairement quant et eux des vases et hanaps de terre, pour puiser et boire de l'eau par les chemins, quand la soif les presseroit, estimans (comme la verité est telle) que lors que l'on a soif, et non autrement, le boire, et mesme d'eau pure, est non moins sain et salubre que agreable et delicieux; et ce faisoient-ils pour eviter le vin, duquel par ce moyen-là ils n'avoient aucun desir ne soucy.

Jadis les habitans d'Egypte avoient une certaine mesure fort petite, laquelle ils n'eussent osé passer, lors qu'il estoit question de boire vin. Platon, Aristote, Eusebe, et Galien prisent grandement la loy des Carthaginiens, par laquelle il n'est permis, à qui que soit d'entre eux, tandis qu'ils sont ou campez, ou assiegez ou vacans en guerre, de boire vin aucunement, ains tous s'en abstiennent ne beuvans que de l'eau ce temps là, comme ayans ceste opinion et estime, que par le vin les hommes s'effeminent et deviennent mols, delicats et lasches à porter et tolerer labeurs et travaux, empeschant et destournant mesmement à chef de guerre, comme aussi aux soldats, le soin, providence, ruses et diligence qu'ils doivent avoir contre leurs ennemis. C'est pourquoy les anciens capitaines, gensdarmes et legionnaires Romains, tant preux et magnanimes guerriers, furent très-sobres à en boire; de sorte qu'il est escrit du noble capitaine Lucie Papirie, dictateur, que luy estant prest à donner la bataille aux Samnites, fit vœu et serment solennel, s'il emportoit la victoire d'eux, de boire à Jupiter plein un hanap de vin, comme si cela fust une chose estrange et esmerveillable.

Caton mesme, par toy cy devant allegué, et sur lequel, ô frere, tu t'es si fort appuyé, retournant d'Espaigne victorieux et environné des despouilles et trophées hostiles, s'attribuoit à grand gloire et louange, que durant tout le voyage et expedition qu'il avoit faite par mer audit païs, il n'avoit beu autre vin que de mesmes les nautonniers.

Cesar, en ses *Commentaires*, recite que les Soaves, nation d'Allemagne très-belliqueuse, et les Neoniens, aujourd'huy Tournesiens, jadis ne permettoient aucunement qu'en leurs contrées ou pays on amenast du vin, reputans par iceluy les corps estre enervez et rendus pusillanimes à la peine et sueur; la vertu et vigueur de l'esprit et cerveau s'en ronger et amoindrir, le courage s'en lascher, et le cœur et force s'en tourner à foiblesse et mignardise. Chose que certainement Homere a voulu approuver estre vraye, quand il introduit l'honneur des chevaliers, le très-preux Hector, qui s'equipoit pour sortir de Troie en bataille contre les Grecs, parlant ainsi à la grand royne Hecube: « Ma mere, dit-il, qu'on ne m'apporte point de vin; » à fin, selon l'intention de ce divin poëte, qu'il ne luy debilitast et fist oublier sa force et vertu accoustumée. Suyvant laquelle opinion Archidame, illustre prince des Lacedemoniens, à quelqu'un luy promettant du vin très-bon et friand: « A quelle raison, dit-il, puis que tant plus on en beura, et plus il rendra vaines et nulles les choses qui appartiennent aux hommes forts et magnanimes. » Refus et sentence dignes certes de prince Spartain. Plutarque, aux apophthegmes susdits, recite, que Crate, Thebain philosophe, et disciple de Diogene cynique, se courrouça aigrement à l'encontre de Demetrie Falereen, duc des Atheniens, pource qu'il luy avoit envoyé du vin, qui ne peut en rien servir à l'homme amateur et desireux de sapience ou sagesse, disoit cest ennemy mortel d'avarice et mespriseur de richesses très-celebré; la modestie et sobrieté duquel envoyé en ambassade par les Thebains vers ce Demetrie Faleréen, qu'autres nomment Poliocrete, valut tant, que cest imperateur Athenien, vaincu d'icelle, leva son camp de devant Thebes qu'il tenoit assiegée. A quelqu'un aussi s'enquerant pourquoy les Lacedemoniens estoient si abstinens de vin, et en beuvoient si peu : « A fin (respondit leur prince Cleomene, fils d'Anaxandride) que les autres ne soient point en peine de nous conseiller, mais plustost nous les autres.» Par cette response sage et laconique avec aigreur et sagacité denotant, que toutes personnes surprises et pressées de vin ne sont idoines ne capables à bien ny prudemment consulter et deliberer, mais sobrieté estre la mere et source des louables entreprises, bons conseils et executions d'iceux. Car elle est tousjours accompagnée de prudence, diligence et honnesteté; comme, au contraire, ebrieté n'est jamais sans folie, paresse et turpitude ; n'estant rien en ce monde plus indigne de l'homme que ce vice là, contraire à toutes les vertus. Et pour ceste occasion ces Lacedemoniens l'avoient en telle horreur et execration, que mesme aux estrangers ils ne presentoient à la collation que du gros vin dur fort noir et du biscuit.

Il se trouve aussi escrit, que Romule estant en un festin somptueux, luy fut demandé, pourquoy il avoit beu si peu : « Pource, dit-il, que demain me faut traicter des affaires de grande importance. » Ce n'est donc sans cause que le bon et modeste empereur Marc Antonin, auquel Herodian commence son histoire, sur la fin de ses jours fut en une très-grande et merveilleuse angoisse et crainte, à sçavoir, que son fils Commode (qui lui devoit jeune succeder à l'empire) ne s'adonnast à crapule et ivrongnerie. Il me revient en memoire que par cy devant nostre frere a allegué, qu'il ne se trouvoit loy ou ordonnance de punition de mort, statuée à l'encontre de l'ivrongne ; mais s'il eust tourné le feuillet, comme l'on dit, et leu plus outre, il eust trouvé le contraire. Car Romule mesme par luy cy dessus mentionné, ordonna expressement par sa seiziesme loy, que toute femme beuvant vin fust punie à mort, comme l'adultere. Laquelle ou semblable loy ou coustume, longtemps auparavant Rome construicte, estoit faicte et observée generalement par toute l'Italie, où les femmes s'abstenoient totalement de boire vin, de peur que domptées d'iceluy, elles ne trebuchassent en honte et deshonneur ; leur estant ledit breuvage de vin très-rigoureusement defendu, et ce sur peine de mort ; dont elles estoient punies sans aucune excuse ny acception de personne, si à l'encontre d'elles estoit prouvé qu'elles en eussent beu ; autheur de ce Denis es antiquitez. Laquelle loy ou coustume (comme recite Baudoin, jurisconsulte, en ses *Commentaires* susdits sur les loix Romuliennes) en Latie, region d'Italie, fut executée mesme à l'encontre de la Royne Faune ou Fatue, autrement nommée Sente ou Bonne, fille de Pic roy des Latins, et sœur et femme de Faune très-antique roy des Aborigenes, laquelle contre la decence et dignité royale ayant beu du vin plein un grand pot, tant qu'elle s'en estoit enivrée, fut de verges de meurte battue et fustigée, mesme par les mains du roy son mary, jusques à la mort. Pareillement la femme d'Egnace Mecennie (comme recite Valere repeté esdits commentaires) fut occise par son dit mary, d'un fust ou gros baston, en la cave, auprès du mesme tonneau où elle avoit beu du vin. Duquel homicide Egnace non-seulement ne fut accusé ny reprins, mais aussi en fut purement et simplement quitté et absous par Romule. Car son advis et de son conseil fut, que ceste femme avoit justement souffert telle punition, pour avoir corrompu et violé les droits de sobrieté outre et par dessus les defenses de la loy; laquelle avoir accomplie et executée, n'estoit delinqué par le mary, qui selon la constitution et ordonnance d'icelle, avoit puny sa dite femme.

Es annales de Fabie Picteur se lit une vefve avoir par ses propres parens (suivant icelle loy) esté contrainte mourir de faim, pour ce seulement qu'elle avoit crocheté et ouvert le buffet auquel estoient les clefs de la cave ou celier à vin. Solon en ses loix affermoit le prince estre digne de mort, qui estoit prouvé prompt à trop boire et ivrongner. Pittaque de Mitilene ordonna griefve punition à l'encontre de l'ivrongne. Enée Domicie priva sa femme de son douaire, pour ce que sans son sceu elle avoit beu du vin. A ceste cause les anciens Romains, suivant l'institution de Marc Caton (comme luy-mesme tesmoigne, et Tertulian le repete en l'Apologitique) souloient ordinairement et comme de coustume, baiser souventesfois leurs parentes, non pour autre occasion, sinon à fin de sçavoir si elles sentoient le vin, et que par leur haleine et respiration, elles fussent arguées, et donnassent indice d'en avoir beu ou non : pour (si elles en estoient atteintes) les en chastier et punir.

Et à la verité, toute femme, quelle qu'elle soit, qui ayme le vin et s'y adonne outre mesure, lasche facilement et legerement la bride à toute honnesteté, pudicité et continence, pour suivre et se prosterner à toutes choses vicieuses. Encores ceste loy (dont avons parlé cy-devant) faicte par Romule, de laquelle il fut aussi premier et severe observateur, et quasi du tout abstinent de vin, n'a esté seulement gardée et entretenue en Rome et Italie, mais aussi en Grece : ainsi que clairement demonstre Xenophon mentionné es dits commentaires. Adherant à laquelle loy Zaleuque, duquel nostre frere a fait recit cy-dessus, entre autres très-sainctes loix qu'il donna aux Locriens, ordonna que quiconques d' entre eux beuroit vin sans permission ou ordonnance du medecin, fust puny à mort (autheurs de ce Athenée et Elian). Si quelque femme (dit encores ce grave censeur romain) fait ou commet aucun cas meschantement et vilainement, comme boire vin, soit puny de son mary. Et certes aux meilleures, plus fameuses et illustrées familles et maisons d'Italie, par bien longtemps a demeuré ceste coustume fort louable, que la femme n'eust osé boire ny gouter du vin, sans le sceu de son mary.

Car le Blond, qui a vesçu cent ans auparavant, escrit, comme atteste le dit Jurisconsulte, avoir leu un certain instrument dotal, qui avoit esté fait un peu moins de trois cens ans au precedent, par lequel le mary permettoit et donnoit puissance au pere de sa femme, de luy donner du vin comme il seroit raisonnable d'en boire, seulement les huit premiers jours, toutes les fois qu'elle auroit enfanté; et tandis qu' elle seroit malade, autant et selon qu' en ordonneroit le medecin, et chacun jour de feste solennelle une fois tant seulement. Et encores à Rome (ainsi que recite Athenée) les serviteurs et adolescens n' en beuvoient point, qu' ils n'eussent atteint l'âge de trente ans. Anciennement aussi à Milete et à Marseille (selon le mesme Athenée) y avoit edit par lequel l'usage du vin estoit du tout osté et prohibé au femmes. Ciceron aiant quelquefois alené Pison (qui lors puoit fort le vin) luy reprocha pour très-grande injure, qu'il avoit odoré et senty sortant de sa bouche un très-puant et infect cabaret.

Ce n'a donc esté certes sans très-grande cause, que les sages anciens ont tant detesté et abhorré le desreiglé et excessif usage de vin, comme empeschant et barrant la porte et entrée aux vertus; et à l'opposite l'ouvrant et manifestant à tous vices; ce que sagement considerant le divin Apollonie Tianée voulut estre (comme de fait il fut) toute sa vie hydropote, c'est-à-dire, eaubeuveur. Mais ces exemples de l'escriture prophane cessans, venons à ce que la saincte et sacrée en dit et determine.

Le très-bon, très-juste, et très-misericordieux Dieu le Createur, parlant à son Pontife et ministre des choses sacrées: Quand tu entreras au tesmoignage du Tabernacle (dit ce tout puissant), toy ne tes enfans ne beurez vin, ny autre chose, quelle que soit, qui puisse enyvrer, que vous ne mourez. En autre passage par la mesme divine bouche, ceste defense est expressement repetée à tous ministrans en son temple: en laquelle outre le vin sont aussi compris par mots exprez la cervoise et le citre; par lesquelles paroles (cervoise et citre) les Hebreux entendent et signifient toute sorte de breuvage, dont on peut estre enyvré. Et leur estoit ceste interdiction faicte, à fin que plus sainctement et songneusement ils vaquassent et entendissent au sacre et ministere divin ; ce qu'ils n'eussent fait ny peu faire, estans chargez de vin, le seul hebetement et corruption de l'esprit et pensée, divertissement et negligence de latrie, et vraye amorce et aiguillon de dissolution et intemperance. Pour laquelle raison les antiques prestres Egyptiens s'en abstenoient du tout durant les jours et temps de leurs sacrifices, depuis le commencement d'iceux, jusques à la fin, à ce qu'ils fussent plus ententifs et ardens à ce qui concernoit leur religion.

Ce vaisseau d'election et de la verité très-fidele annonciateur saint Paul damnant ebrieté, veult et ordonne, escrivant à Timothée en la premiere, entre autres choses que l'evesque soit sobre et non adonné au vin. Dont les decrets font mention en ce passage, contenans ces mots: L'apostre damne le prestre vinolent. A ceste cause ce bon ministre Timothée son disciple ne beuvoit que de l'eau : comme atteste cest armaire des sainctes escritures, luy escrivant ainsi: Que ton boire ne soit doresnavant d'eau, mais use d'un peu de vin pour ton estomac, et pour les maladies que tu as souvent. Et en la premiere aux Corinthiens: Les ivrongnes (dit encore ce docteur très-chrestien) n'heriteront point le royaume de Dieu. Sainct Hierosme pour ceste occasion interdit et defend quasi du tout l'usage du vin aux prestres et gens d'église, escrivant et commandant à son neveu Nepotian en ceste sorte : Jamais (dit-il) ne rends odeur de vin que ton haleine ne le sente ny respire, de peur qu'approchant de quelqu'un tu n'entendes ce propos du philosophe à toy estre dit et adressé: Cecy n'est pas presenter un baiser, mais du vin; l'odeur duquel issant rendu d'une bouche à l'autre, qu'est-ce à la verité, sinon que puanteur? Ce mesme sainct defend aussi par exprès aux vierges chrestiennes l'usage du vin, leur commandant de le fuir et abhorrer comme venin et poison. Les Esseans, peuple de Judée (la secte desquels pour leurs vertus a esté tant estimée par sainct Hierosme, Philon, Josephe, Eusebe, Pline et Porphire) n'en beuvoient aucunement.

Ne fut-il pas prophetisé de ce prophete et plus que prophete St Jean-Baptiste, qu'il n'en beuroit point comment que ce fust, à fin qu'il sceust eslire le bien et delaisser le mal? trèscler argument et indice, que le vin corrompt et pervertit le jugement et la raison; et que l'homme surpris d'iceluy au lieu de prendre et choisir la verité et la vertu, prend et eslit le mensonge et le vice. Salomon estoit d'avis de n'administrer au roy ny vin ne cervoise, à fin qu'il peust mieux juger avec juste et bonne raison les causes des pauvres. Malediction, dit le prophete, soit à celuy qui se leve matin pour s'enivrer.

Nous lisons au Pentateuque, ebrieté seule avoir esté cause de l'execrable inceste du preud'homme Lot et ses filles, lesquelles ne sceurent jamais l'attirer à si nephande abomination, que par l'enivrer. Après le deluge, Noé (comme il est escrit en Genese) premier planta la vigne, premier la vendangea, premier en fit du vin et en but le premier; il en fut aussi le premier enivré et abattu, et tout aussitost qu'il en eust beu. Ainsi si le vin n'a pas pardonné à son propre autheur, qui est-ce qui esperera rien d'asseurance de luy ? Et dès ceste heure là l'ardeur et convoitise du vin a alleché et attiré les hommes à ivrongnerie et d'ivrongnerie à toute immodestie, petulance, vice et vilanie.

Adonc par variables agitations et divers troublemens de vin excessif, les humaines pensées ont esté esbranlées et esmeues diversement : les uns sont devenus mutins et furieux, pleins de noises, querelles et injures; les autres estourdis et esventez ; les aucuns railleurs et gaudisseurs; ceux-cy gosseurs et plaisanteurs; ceux-là pesans et endormis; les uns gais et joyeux; les autres resveurs et fascheux. Car le vin a une mesme force et efficace que la colere noire, c'est à sçavoir, diverse et de variables effets, et en maintes sortes et manieres ; ce qu'un des doctes problemes du très-noble philosophe Aristote declare, emprunté, semble, par Horace, ainsi escrivant :

Soit que le vin porte jeux et esbats,
Soit qu'aisement au sommeil nous attire,
Soit que de luy viennent noise et debats,
Soit qu'amour fol de luy son estre tire.

Ce que nostre poëte, duquel cy-dessus tu t'es voulu dresser si forte coulonne, a approuvé, parlant de telle sorte à Bacchus :

Devant ton char pompeux marchoient l'ire et la crainte,
Les peu sobres propos et la colere tainte
D'un vermillon flambant, le vice et la vertu,
Le somme, et le discord de maille revestu.

De pareille opinion est ce sage entre les barbares Anacharsis Scithien, qui dit que la vigne porte trois diverses grappes : la première de volupté, la seconde d'ebrieté, et la troisiesme de noises et injures. Quasi semblable propos a esté tenu, selon aucuns, par Esope, combien qu'autres dient, qu'il est venu d'Anacharsis mesme. Mais bien qu'il soit venu de l'un ou de l'autre, ou de qui l'on vouldra, il est certes issu d'homme prudent et sage. Voicy ce qu'il dit et contient : Le premier verre de vin appartient à la soif, le deuxiesme à resjouissance, le troisiesme à volupté, et le quatriesme à insensement et fureur. Si donc le quatriesme verre seulement rend les beuveurs insensez et furieux, que leur feront quinze, trente, et quarante-cinq verres de vin, que le plus souvent ils absorbent et entonnent, comme en un vaisseau ? les rendront-ils pas très-enragez, et du tout transportez et alienez de leurs sens et entendement ? qui est un mal et danger qu'ils ne peuvent eviter, car il est tout certain que tant plus ils ont beu, et tant plus ils ont soif et boivent; dont s'accroist d'autant leur folie et enragerie. Et ne leur est ceste alteration et ardente avidité de vin engendrée, sinon par leur vicieuse et excessive coustume de boire : à quoy ils sont si outrageux, qu'à juste cause il semble que ces hommes là (s'il est licite ainsi les appeler) ne sont nés que pour perdre, engloutir et absorber le vin. Au nombre desquels meritoirement doit estre mis Novelie Milannois, consul durant l'empire de Tibere Cesar, lequel Nouvelie ayant beu trois congies de vin en un repas (*congie* anciennement c'estoit un vaisseau contenant six septiers) n'eut point de honte de se faire appeler et surnommer Tricongiaire, pourchassant aquerir (s'il plaist aux dieux) gloire et renommée par vice très-puant et infâme.

Mais si le vice d'ebrieté est d'autant plus à blasmer et detester, que le personnage qui en est entaché est eslevé en honneur et dignité, de quelle condigne tasche marquerons-nous cet ivrongne Bonose empereur romain très-infâme? lequel nous esmerveillons bien avoir esté obmis par nostre frere à mettre au rang des insignes vinolens. Car il a esté le plus grand et excessif beuveur qui fut jamais; de sorte que de luy Aurelian souloit dire : Bonose n'est pas né pour vivre, mais pour boire. La mort duquel fut aussi honneste que la vie; car ayant esté vaincu de Probe consul, il fina ses jours par un cordeau; et de luy pendu en l'air courut ce brocard: Ce n'est pas un homme pendu, mais un tonneau; tant il avoit outrageusement entonné du vin en son gouffre de ventre, dont il a merité infamie perpetuelle.

Comme au contraire le très-vertueux Alfonse roy de Naples est digne de louange et gloire à jamais, pour avoir (entre autres excellentes vertus) à l'exemple des très-illustres princes, esté très-sobre en l'usage de vin, duquel il ne beuvoit, qu'il ny eust plus des trois parts d'eau; et encores c' estoit très-peu souvent. Enquoy y a argument d'insigne generosité en ce prince; car tout homme vrayment noble, et qui aime honneur, a ebrieté en horreur sur toutes choses, comme un vice brutal et très-vilain, duquel il est impossible de dechiffrer la turpitude et infamie, ny les maux et inconveniens qui en aviennent.

Pource que l'ivrongne n'est aucunement sage (dit le très-prudent roy Salomon) et n'a aucun honneur ne prudence en luy, j'ay deliberé de m'aliener et abstenir de vin: nous interdisant et defendant (comme aussi faict l'apostre) d'estre semblables à ceux qui y sont adonnez et enclins, ny d'assister à leurs tables, ny au repas des ivrongnes et temulens; car d'ivrongnerie naissent les dissensions et querelles, haines et rancunes intérieures et perpetuelles, et plus souvent meurtres et homicides. C'est la mort de vertu; c'est l'oblivion et mescognoissance de tout honneste devoir: en laquelle (dit la mere du roy Lamuel) n'y a rien de secret, qui declare tout, qui a sa poictrine nue et ouverte, dont la langue ne se peut contenir, qui commande aussi bien au sage comme au fol, au docte comme à l'ignorant; et en provient toute folie, fureur, presumption et outrecuidance. Aussi la raison pour laquelle Denis (vulgairement appelé Bacchus) selon les autheurs Ethniques inventeur de vin, est peint et figuré ayant des cornes en la teste, n'est pas pource que ce beau Dieu des ivrongnes, premier accoupla les bœufs et taureaux au joug, comme croit Diodore; mais pource seulement, que par son invention, à sçavoir du vin, et outrageux usage d'iceluy les hommes deviennent cornuz, c'est-à-dire, furieux et facilement emeuz à insolence, excès et temerité. Car mesmement le plus pauvre et abject, s'il en est atteint, alors oublieux de sa qualité et condition, prend des cornes, dit le poëte, sçavoir est, s'esleve en toute fierté et presumption, jusques à mespriser les plus grans; et comme la grenoille Esopienne, se comparage aux puissans et superieurs, autant en avient-il à l'ignare indocte et imperit, que s'il en a sur sa corne, vous le verrez incontinent à tort et à travers, se dressant sur ses ergots, vouloir philosopher à l'encontre de Platon ou d'Aristote, ou ainsi encherubiné, disputer opiniâtrement de quelque autre art et science, à l'encontre des plus sçavans erudits et experimentez.

Mesmes le plus meschant et infâme, s'il est

ivre, s'osera accomparer au plus honorable et homme de bien. A ceste juste occasion les Scithes sagement moquans et reprochans aux Grecs leurs orges et bacchanales (esquels ils souloient celebrer la feste de leur dieu Bacchus à force de vin, timpanes, tabourins, et sonnettes, en toute dissolution et ivrongnerie) nient et desavouent très-bien, qu' un Dieu ait esté inventeur de chose si pernicieuse et dommageable (parlans du vin) veu qu'on en devient furieux et insensé. Diogene aussi appeloit miracles des fols les festes et banquets qu'on celebroit à Bacchus en Athenes. Et suivant ce Palingenie (se moquant pareillement des Thebains, qui se glorifient Bacchus estre né en Thebes, si Inde ne s'y opposoit) s'escrie: O race Cadméenne, que vantez-vous vos orges et bacchanales? vos bedons et danses insensées? Vostre Bacchus n'est point dieu, et ne l'a point Semelé conceu de Jupiter, ains le noir et furieux Tartare l'a engendré de la cruelle et horrible furie Megere. Non: il n'est point dieu; car luy-mesme est mespriseur et haineur des dieux; et ne sçauroit le prestre, qui est ivrongne, bien traiter ne manier les choses sacrées.

Mais qui sçauroit reciter les mille et millions de maux et inconveniens provenans de ce beau dieu Bacchus Rougemuseau? Car (comme dit Salomon) à qui malheur, à qui douleur, à qui les noises, à qui les playes et blessures, à qui la defaillance de la veue, à qui le troublement d'esprit, sinon à ceux qui s'arrestent au vin? et qui s'estudient et complaisent à vuider les verres et pots? Parquoy tu ne prendras plaisir (dit-il) à contempler le vin resplandissant et estincelant dans le verre, sous ce desir et intention de le gouster et boire par après plus friandement et voluptueusement; car outre ce que de nous-mesmes nous n'y sommes que trop enclins et prompts, son naturel c'est d'entrée et commencement estre gracieux et agreable, se laissant couler et avaler doucement, comme en flattant et blandissant; mais à la queue, poindre et envenimer, à la façon du serpent, de sorte que quasi de la vertu seule de ses ardentes estincelles, ainsi que le basilic de ses yeux, il t'abattra, t'emportant tes forces, et te contraignant à son vouloir tresbucher en toute opprobre et ignominie.

Toy donc, qui t'arrestes au vin (dit encores ce sage), tu es semblable à celuy qui durant la plus forte tempeste ou orage, dort au sommet du mast du navire, estant tourmenté et agité des vents et flots impetueux de la mer irritée, en danger prochain et eminent d'estre perdu et precipité. Comme quasi en semblable Homere en son *Odissée* recite qu'il avint à Elpenor, lequel ayant trop beu, ivre se rompit le col en devalant d'une montée du palais de Circé, pour suivre Ulisse et ses compagnons grecs, qui jà en estoient descendus et sortis, prests à s'embarquer. Ce que depuis luy-mesme confessa :

car quelque temps après ce roy d'Itaque le trouvant es enfers l'interrogea de la cause de sa mort: à quoy respondant Elpenor : Le vin seul, dit-il, m'a occis et tué. Lequel aussi ravissant les forces d'Oloferne, comme il est escrit en Judith, fut cause qu'il perdit la teste par les mains de ceste bonne dame ; ce qui ne fut avenu à cet espouvantable et horrible geant, s'il eust leu et retenu ce passage du prophete Esdras, disant : Le vin est plus fort que tous ceux qui en boivent; il convertit toutes nos fantaisies en asseurance et joyeuseté; il corrompt le jugement; il rend la pensée vaine et ridicule, rendant celle d'un orphelin pareille à celle d'un roy, d'un serviteur à celle du maistre, et du pauvre à celle du riche.

L'ivrongne ne sçait qu'il fait ne qu'il dit : il se peind et songe tous ses pensemens hauts, honnestes et louables: il ne fait conte ne mention des rois ne magistrats; il n'a propos ny ne parle que par talens et millions; il ne se souvient d'amitié ne fraternité, ains furieux sans occasion et pour rien prend le glaive; car la discorde et ire sont au vin, dit Salomon; et ainsi que le feu esprouve la dureté du fer, ainsi le vin argue le cœur des orgueilleux, estant amertume à l'âme, et engendrant par son excès en l'homme, une audace despiteuse et courroux à toutes heurtes; qui est le propre et peculier d'un vray fol et insensé. C'est pourquoy aux hommes sages et modestes peu de vin suffit, considerans que contre la force et violence d'iceluy, nul ne peut resister, tant soit sage, prudent, fort et magnanime, de quelque estat ou condition que l'on le voudra prendre et eslire.

Voylà (ô frere) les grandes vertus, les precieux dons et belles excellences, avec les honnestes et gentils guerdons et recompenses de ton Bacchus, lequel tu as eslevé jusqu'au ciel et mis au rang des dieux; mais sçaches que tout ce que cy-dessus tu en as dit à sa louange, n'est rien que pure fable. Que si fictions et inventions fabuleuses et mensongeres vallent en cest endroit, vaille donc ceste-cy, à sçavoir, que Venus est une très-belle et grande déesse, laquelle comme un très-clair astre, reluit es cieux où elle domine entre les celestes, de laquelle toutes choses (comme de leur mere et nourrice) tiennent leur estre et conservation quelque part qu'elles soient, tellement que sans elle par laps et succession de temps tout deviendroit à rien et neant; ce qu'approuve Ronsard ainsi parlant à la mort à tous determinée.

Car naissans nous mourons, telle est la destinée
Des corps sujets à toy, qui tiens tout, qui prens tout,
Qui n'as en ton pouvoir certaine fin ne bout.
Et ne fust de Venus l'âme generative
Qui tes fautes repare et rend la forme vive,
Le monde periroit; mais son germe en refait
Autant de son costé que ton dart en deffait.
Que ta puissance (ô mort) est grande et admirable!

Rien au monde par toy ne se dit pardurable ;
Mais tout ainsi que l'onde à val des ruisseaux fuit
Le pressant coulement de l'autre qui la suit,
Ainsi le temps se coule, et le present fait place
Au futur importun qui les talons luy trace.
Ce qui fut se refait, tout coule comme une eau,
Et rien dessous le ciel ne se voit de nouveau,
Mais la forme se change en une autre nouvelle,
Et ce changement là vivre au monde s'appelle,
Et mourir quand la forme en une autre s'en va.
Ainsi avec Venus la nature trouva
Moien de ranimer (par longs et divers changes)
La matière restant, tout cela que tu manges.

Mais à fin (ô juges) que ce pendant que nous rendons la pareille à nostre frere l'ivrongne, le retaxans reciproquement et de mesme, ne soyons veuz immodestes et superflus, nous sonnerons. la retraite, ne denians point, ains de gré confessans, passer et dissimuler plusieurs choses par luy à l'encontre de nous obiicées, sans les refuter ne repousser, bien que la chose ne soit difficile à faire; mais nous ne tendons point là. C'est à faire à celuy qui se veult justifier et estre declaré innocent, de damner et reprouver particulierement et par le menu, tout ce que l'on met en avant à l'encontre de luy, et entierement se purger de toutes les accusations que l'on luy impose et met sus. Quant à nous, nostre intention ne gist pas en cest endroit. Car nous ne desavouons point nos vices ; nous ne les excusons point (comme font plusieurs), nous ne nous disons point estre justes sans coulpe et dignes de blasme; car veritablement c'est une chose fort vicieuse et vilaine que puterie et paillardise, comme aussi est le jeu de dez. L'un et l'autre, certes, sont moins dommageables que deshonnestes. Le nom de fornicateur et aleateur (comme ord et infâme) doit estre evité.

Nous ne nyons point nos viciositez estre detestables, ains volontairement les confessons telles. Toutesfois aussi nous soustenons fermement le vice d'ivrongnerie estre trop plus grand et abominable que de paillardise et jeu de dez; car, comme nous avons dit et très-clairement remonstré cy-dessus, non-seulement l'honneur et bonne renommée (seul tresor de l'homme), biens et facultez se perdent et ruinent par ebrieté, mais aussi l'âme, la santé, l'entendement et esprit en sont troublez, gastez et dissipez, jusques à rendre la personne plus vile qu'une beste brute. Ce que nostre frere a principalement et specialement argué et blasmé en et à l'encontre de nous, qui est un vice le plus grand et le plus infâme de tous, et comme tel à juste et bonne cause damné et reprouvé par l'authorité de tous illustres poëtes philosophes et autres grands personnages. Et encores, outre ce que dessus, si l'on veult prudemment et diligemment aviser à l'origine, source et principe de tous vices, et mesme à l'exercice et continuation d'iceux, ebrieté ou ivrongnerie en doit seule estre accusée, seule en est tenue, seule en doit porter le faix et coulpe, comme cause, allumette, motif et increment de toutes vilanies et malefices, mesmement et signament de fornication, puterie, ou paillardise. Car le vin, comme, entre autres très-excellens autheurs, dit Tite-Live, suit, attire, provoque et nourrit les plaisances lubriques, et deshonnestes voluptez. A quoy s'adhere ceste sentence aussi de Ronsard, s'adressant à Bacchus, comme s'ensuit :

La jeunesse et l'amour et leurs grâces te suivent,
Sans ta douce fureur les voluptez ne vivent,
Le jeu, la bonne chere, et la dance te suit.

A ce propos sont pareillement maints autres antiques proverbes fort communs et non moins utiles que decens à la matiere; entre lesquels ceux-cy :

Sans toy, vineux Bacchus, Venus est molle et froide,
Priape n'est sans toy escarbillant ne roide.

Après la panse
Vient la danse.

Suivant la vineuse arsure
Vient en jeu l'orde luxure.

Lors que ton tirse nous abat
(Bacchus, le venin de ce monde)
De fureur, folie et debat
Une mer nous noie et suronde.

Par trop de vin et gourmandise
Souvent on chet en paillardise.

Le trop boire et le trop manger
Met corps et âme en tout danger.

Le reste concernant l'equité de ce present litige (ô juges) gît en vostre fidelité et prudence, à laquelle nous commettons nostre bon droit, vous supplians, Messieurs, que si evidemment vous cognoissez (comme vous faites clair comme le soleil) ebrieté ou ivrongnerie estre plus vicieuse et infâme que puterie ou paillardise, ny que le jeu de dez, deboutez nostre frere l'ivrongne de la succession paternelle (dont à present est question) adjugeans icelle à mon frere l'aleateur et moy putier, par vostre deue et equitable sentence. A quoy nous concluons.

AINSI plaiderent et conclurent les parties. Ce fait, le President se leva de son siege, pour sur ce avoir et demander l'avis et opinion des juges là assistans. Et tandis qu'il estoit au conseil, plusieurs hommes doctes et autres de divers estats et qualitez illec presens et assemblez (qui avoient oy et entendu ce differend) murmurans à basse voix en devisoient et disoient leur avis, chacun selon sa fantaisie, estans quasi tous de diverse et contraire opinion, comme naturellement et communement nous sommes volontiers enclins et adonnez à favoriser et excuser nostre vice. Les uns tenoient pour l'ivrongne. Les autres pour le joueur de dez. La plus grande part pour le putier. Ceux-cy pour l'un, ceux-là pour les deux autres. Plusieurs disoient qu'ils estoient tous trois autant vicieux l'un que l'autre, et partant que c'estoit le meilleur et plus expedient (nonobstant le testament du pere) que chacun d'eux heritast egalement de sa succession. Il y en avoit d'autre opinion, disans: puisque tous estoient si vicieux, qu'on les devoit aussi tous trois desheriter. Brief il n'y en avoit pas un d'entre eux qui fust d'accord, pour ce par aventure qu'ils estoient et chacun d'eux particulierement entachez de l'un de ces trois vices, ou des deux, ou possible de tous les trois ensemblement. En ces entrefaites prenant la parole un très-grave et venerable vieillard, nommé Theophile Equicole: « Messieurs, dit-il, en verité ce jugement icy n'est pas de petite consequence, ny à jeter en l'air, ains gît en grande et meure deliberation. Aussi je croy que messieurs les juges, avant qu'en donner sentence difinitive, y repenseront dix et vingt fois. Mais ils ne seroient pas en ceste peine, si l'un de ces trois freres estoit avaricieux; car il seroit tout maintenant et sur-le-champ à juste cause debouté de la succession (dont est question) comme le plus vicieux et infâme non-seulement d'eux trois, mais aussi de tous les vivans, pour mille et millions de raisons, exemples, authoritez et argumens invincibles, qu'on pourroit deduire et alleguer à l'encontre de luy; mesmement entre autres et pour tous, ces deux tesmoignages de l'escriture: Avarice est servitude d'idoles, qui est le comble de toute horreur et abomination; avarice est la racine de tous maux: et principalement (disoit Theophile) avarice est la vraye peste et poison de charité, sans laquelle (dit l'apostre) rien ne me profite; parce, comme ce sainct dit encores, que charité est de Dieu, et Dieu est charité, et charité le bien de perfection et la fin du commandement, parquoy suivez-là et soyez vestus d'icelle. » Laquelle opinion de Theophile unanimement tous les assistans à basse voix approuverent, damnans l'avaricieux comme le plus meschant et plus pernicieux qui soit sur la terre.

Mais finablement les huissiers ayans imposé silence, et icelle generalement faicte, le President au retour du conseil prononça sa sentence, par laquelle fut ordonné, que les parties corrigeroient leur plaidoyé, bailleroient repliques et dupliques, et informeroient d'une part et d'autre, si bon leur sembloit, dans un moys, pour toutes prefixions et delais.

Pour, ce fait et rapporté par devers la court, en estre par elle ordonné, ainsi que de raison.

FIN

1556

Ne ça. Ne là.

DIALOGUE DE LUCIAN

Traduit de latin en françois

PAR

CALVY DE LA FONTAINE

N. N. de Paris

1556

MERCURE, VERTU

Mercure. — La deesse Vertu m'a prié par lettres presentement aller vers elle; ce que je fay, pour sçavoir qui la meut; et la chose entendue, sera mon retour brief devers Jupiter.

Vertu. — Salut, Mercure, en te rendant grâces de la pieté et bonté de laquelle uses envers moy, qui est cause qu'à tout le moins je ne suis pas vilipendée ny delaissée de tous les dieux.

Mercure. — J'attends ce que tu veux dire, depesche vitement; car Jupiter m'a commandé retourner vers luy soudainement.

Vertu. — Comment? ne me sera-il donc point permis ny loisible de me plaindre (mesmes à toy ambassadeur des dieux) et declarer mes opresses et calamitez? Qui auray-je donc vengeurs de mes injures, si maintenant la liberté et faculté m'est deniée et ostée de faire mes complaintes au très-grand Jupiter? Mesmes (dis-je encores) à toy, ô Mercure, que j'ay tousjours eu en lieu de cher frère, et comme tel reveré et honoré? O moy miserable! à qui ou quelle part fuiray-je? à qui auray-je mon recours? de qui ou en quel lieu demanderay-je d'oresnavant secours, confort, ny ayde? Certes, estant ainsi pauvrement recueillie et traitée des dieux, et des hommes en ceste sorte deprisée et abandonnée, jusques à estre quasi de nul cherie et embrassée, j'ayme trop mieux estre quelque souche ou tronc de bois, que deesse.

Mercure. — Mais declare promptement ta pensée, tandis que je suis enclin et ententif à t'oyr et escouter.

Vertu. — Ne voy-tu point comme je suis nue, misérablement dejetée et reculée, et très-peu, voire quasi nullement, de tout le monde prisée et venerée? Lequel malheur et inconvenient m'est avenu par l'audace, impieté et injure de la superbe et arrogante deesse Fortune; je te diray comment. Ainsi que j'estois és champs Elysiens eslevée et tenue en grand honneur et reputation entre ces tant excellens, modestes et fameux personnages, Socrate, Platon, Demosthene,

Ciceron, Archimenide, Policlet et maints autres leurs semblables, esprits divins, lesquels durant leur vie m'ont (devant toute chose) religieusement aymée et honorée; comme aussi en ces lieux tant plaisans et delectables plusieurs très-illustres, très-vaillans et triomphans roys, princes et heroës de divers lieux, à la foule accourussent m'accoler et caresser de toutes sortes d'honneurs, saluts et bienvenues: voycy hativement arriver ceste effrenée et insolente deesse Fortune, ma capitale et perpetuelle ennemie, audacieuse, effrontée, injurieuse et desbridée; laquelle circuie et accompagnée d'hommes armez et embastonnez, non moins pleine de vantance et enflée d'orgueil, que crevant de dueil, envie et despit (de me voire ainsi honorée) s'estant avancée de m'aborder: Ha, ha, madame de pimprenelle (ce m'escria ceste furieuse et arrogante deesse de ce monde), ha, ha, madame de rien, pauvre et petite droguette, volontairement donc tu ne quittes point la place à la venue des plus grans (à la verité je ne m'estois bougée pour elle, et n'en avois garde, ny ma compagnie aussi; car que tenons-nous rien d'elle?). Ha, ha, madame de penaillon sale et crottée. Est-ce ainsi que tu cedes et t'humilies à la hauteur et presence des dieux? Est-ce la reverence et honneur que tu leur portes, belitresse? — Certainement (ô Mercure) je me suis merveilleusement dolue et complainte d'injure si atroce et de tel et si grief oultrage, ne l'ayant aussi merité. Dont quelque peu esmeue et irritée, avec briefve response: O très-grande deesse (luy dis-je), toutes ces tiennes paroles, ny tous les propos que tu pourrois tenir, ne me feront point pourtant vulgasse, ny plebeienne, vile ny abjecte: et d'avantage je ne suis point d'avis (bien qu'il faille ceder aux superieurs) que l'on cede à toy avec deshonneur et infamie. — De ceste petite response, Fortune fut si furieusement enflammée, que sans autre occasion, elle s'esleva, comme enragée, en mille sortes d'injures et reproches à l'encontre de moy. Je passe icy quantes et quelles contumelies et hontes l'orgueilleuse avoit vomies d'entrée au prejudice de mon honneur. Platon esmeu de telle insolence commença au contraire de la fantasie de ceste deesse mondaine, à disputer et alleguer plusieurs choses traitans du devoir des dieux et superieurs, quels ils doivent estre en leurs charges et administrations; mais impatiente de telle remonstrance, et l'interrompant soubdain dressée sur ses ergots: — Chassez-moy hors d'icy ce causeur (dit-elle), car il n'appartient point aux serviteurs mettre la main sur l'estat des maistres. — Ciceron aussi, fasché du tort et injure que l'on me faisoit, avoit encommencé à mettre en avant maints enseignemens et exemples tendans à la perfection des roys, princes et magistrats, comme ils doivent administrer justice, soulager le peuple, et en toutes choses eux montrer but et mirouer d'honneur et probité; mais en l'instant mesme, de la bande des gens d'armes sortit furieusement Marc-Antoine, armé à l'avantage, qui d'un indigne coup de poing avec le gantelet offensa griefvement Ciceron sur les dents; dont tous mes amys fort estonnez m'abandonnans à coup, se sauverent à la fuite, craignans qu'il ne leur en advint autant. Car Policlete d'un pinceau, Phidie d'un canivet, Archimenide d'un horoscope, et tous leurs compagnons nuds et sans armes, n'estoient pas assez forts ny puissans pour eux defendre à l'encontre de ces gens d'armes très-audacieux, armez et embastonnez de mesmes, et en guerre accoustumez à pilleries, rapines et homicides.

De rechef donc, très-affectueusement, je te prie, ô Mercure, voire t'appelle et prends à tesmoin, toi qui as tousjours esté le heraut et truchement des dieux, que tu prennes en charge ceste mienne cause tant juste et pitoiable: je viens vers toy à refuge, humblement je te fais ma priere, en toy gist toute mon esperance, en toy toute mon attente; donne ordre, je te supplie, que tandis que je suis ainsi laidement et vilainement estrangée et reculée de la presence et compagnie de vous autres dieux, je ne sois aussi envers les hommes en opprobre, ignominie et derision. Car ce sera un grand deshonneur, vitupere et honte à l'ordre et rang des dieux, quand les hommes me vilipendans et ne tenans aucun compte de moy, m'auront en estime de si foible et debile déesse.

Mercure. — J'ay entendu ton inconvenient, auquel je ne puis remedier, dont me deplaist: mais pour l'ancienne et connexe amitié d'entre nous, je t'averty d'une chose, c'est que tu as entrepris une trop dure et difficile cause à l'encontre de Fortune; car Jupiter mesme (à fin que je ne parle d'autres dieux), comme ainsi soit qu'il se sente grandement tenu et obligé à elle (pour les bienfaits qu'il en a receuz) encore, outre ce, non-seulement il l'a en honneur et reverence; mais aussi craint et redoute ses forces et puissances. Car c'est elle qui a aidé aux dieux à parvenir et monter au ciel, et quand il luy plaira, par force elle les en ostera et jettera dehors. Pour ceste cause, ô Vertu, si tu es sage et bien conseillée, tu te retireras avec et entre quelques petits dieux pauvres et vulgaires, et là te cacheras incognue, jusques à ce que la haine de Fortune à l'encontre de toy soit esteinte.

Vertu. — Je voy bien que c'est: il m'en faut aller retirer et cacher pour tout jamais. Doncques je m'en vais d'icy, des uns et des autres dechassée et moquée.

Mercure. — Adieu, Vertu.

FIN

Ne çà. Ne là.

—

1556.

EXTRAICT DU PRIVILEGE
DU ROY

Par privilege du Roy il est permis à Vincent Sertenas, libraire demourant à Paris, faire imprimer et vendre un petit livre, intitulé: *Trois Déclamations*, à sçavoir *de l'Ivrongne, du Putier et du Joueur de dez*, avec un Dialogue de Lucian, intitulé: *Mercure et Vertu*, et est defendu à tous libraires, imprimeurs et tous autres, de ne les imprimer ny faire imprimer sur les copies dudit Sertenas, jusques à six ans après: comme il appert par le privilege sur ce donné à Paris, le IX jour d'avril MDLVI.

Signé par le Conseil

De Courlay.

www.ingramcontent.com/pod-product-compliance
Lightning Source LLC
LaVergne TN
LVHW020329230826
846091LV00003B/815

* 9 7 8 2 3 2 9 2 6 8 5 4 5 *